님께

행복한 사랑과 즐거운 결혼생활을 응원하는

드림

외모지상주의자의
극사실 결혼생활

외모지상주의자의 극사실 결혼생활

1판 1쇄 인쇄 2022년 6월 2일
1판 1쇄 발행 2022년 6월 10일

지은이 나다움
펴낸이 이기준
펴낸곳 리더북스
출판등록 2004년 10월 15일(제2004-000132호)
주소 경기도 고양시 덕양구 지도로 84, 301호(토당동, 영빌딩)
전화 031)971-2691
팩스 031)971-2692
이메일 leaderbooks@hanmail.net

ISBN 979-11-90616-64-5 03810

나다움 에세이

외모지상주의자의 극사실 결혼생활

리더북스

프롤로그

나의 사상의학적 체질은 '비혼'입니다

"넌 선택은 할 수 있지만 결과까지 선택할 수는 없다는 걸.

하지만 내 생각에는 변함이 없다.

그건 좋은 선택이었어. 단지 결과가 바람직하지 않았을 뿐이지."

- 매트 헤이그 지음, 노진선 옮김, 《미드나잇 라이브러리》, 인플루엔셜, 2021

나 난, 체질의학에 안 맞는 삶을 살고 있어.

동료 소음인 아니었어요?

나 아니, 비혼이 체질이었어. 결혼하고 나서야 비로소 알았다. (젠장!!)

동료 그런데 어떻게 보면 잘 맞을지도 모르겠어요. 고통을 즐기시잖아요. 결혼은 고통 아닌가요?

나　　그럴지도… 오늘도 한의원에서 침 맞는데, 어제보다 덜 아픈 게 어색하더라고. 더 아파도 잘 참는데 하면서. 같은 논리로 고통 유발자인 신랑과 이제까지 살고 있다는 것은, 고통을 즐긴다는 결론이 나오는 건가. 하하.

미국의 심리학자 토머스 홈스와 리처드 라헤 박사의 스트레스 항목

순위	항목	정도
1	배우자의 죽음	100
2	이혼	73
3	배우자와의 별거	65
4	교도소 수감생활	63
5	가족의 죽음	63
6	자신의 부상이나 병	53
7	결혼	50
8	해고	47
9	별거 후 재결합	45
10	퇴직/은퇴	45
11	가족의 건강 악화	44
12	임신	40
13	성적인 장애	39
14	새로운 가족구성원이 생김	39
15	사업상 재적응	39
16	재정적 상태의 변화	38
17	친구의 죽음	37
18	전직이나 부서 이동	36
19	배우자와의 불화	35
20	거액의 부채	31

홍강의 교수와 정도언 교수의 스트레스 지수

순위	항목
1	자식 사망
2	배우자 사망
3	부모 사망
4	이혼
5	형제자매의 사망
6	배우자의 외도
7	별거 후 재결합
8	부모 이혼, 재혼
9	별거
10	해고, 파면
11	정든 친구의 사망
12	결혼

출처: 조한경 지음, 《환자혁명》

우리나라를 비롯한 외국의 스트레스 유발요인 공통점은 '결혼'과 '결혼하면 생길 수 있는 일들'이다.

모진 풍파와 사건 사고에도 불구하고, 내가 결혼생활을 하는 이유는 '고통을 즐기는 자'이기 때문이라는 단순 명쾌한 결론에 도달했습니다. 반면, 내 몸은 사정이 다른지 시름시름 아프더니, 여기저기 고장이 나서 온갖 병원을 섭렵하기에 이르렀습니다. 거기에 시도 때도 없이 눈물이 쏟아지기 일쑤였고요. 일과 육아는 이어가야 하기에 갑자기 터지는 울음을 애꿎은 미세먼지를 탓하며, 눈물을 닦는 어색한 연기에 지쳐갈 무렵이었습니다.

갈수록 극단으로 치닫는 신랑과의 관계에 무언가가 필요했습니다. 신랑과 같이 심리상담을 받자고 했지만, 대쪽 같은 신랑은 자신의 의견을 굽힐 줄 몰랐습니다. 결국 목마른 놈이 우물 파는 심정으로 혼자라도 상담 치료를 받아서 이 고통을 조금이나마 줄여보리라는 마음가짐으로 심리상담을 시작한 것입니다.

사실, 이 글을 쓰는 시점은 심리상담이 종료된 이후입니다. 심리상담 선생님과의 대화는 기억의 오류가 다소 있을 수도 있고, 현재 시점에 맞게 재해석한 부분도 있습니다. 오히려 시간의 숙성을 거쳐, 스스로 그 상황에 맞게 떠올리는 심리상담 선생님과의 대화는 더욱 의미가 있었습니다. 이제는 혼자서도 스스로 위로하고 다독여 나가는 힘이 길러진 듯해서입니다. 마치 계속 넘어지기만 하던 아기가 엄마의 도움 없이도 걸음마를 처음 뗀 그 순간처럼 말입니다.

혼자서도 부부 심리상담을 할 수 있고, 그 결과 전보다 '내가' 편안해지는 마법을 경험하는 중입니다. 심리상담, 특히 부부 문제 상담이라 쉽지 않은 것은 사실지만, 생각보다 가볍고 때때로 유쾌한 그 과정을 소개하고자 합니다.

또한 이 글은 7세 아들이 제시한 가벼운 물음에 대한 묵직한 답이기도 합니다.

"엄마, 왜 동화 속 공주는 왕자만 만나? 그리고 이상해. 다 똑같이 '행복하게 살았습니다.'로 끝나. 진짜 그래? 결혼하면 다 똑같이 행복해져?"

한동안 적절한 답을 찾지 못했습니다. 동화 속 결말도 그렇지만, 현실은 더욱 복잡하기 때문입니다. 각기 다른 이유로 결혼하고, 다양한 모습의 결혼생활이 있을 텐데, '행복'이란 한마디에 다 담기는 어려웠습니다. 실제 결혼생활은 자랑하고 싶은 일보다는 감추고 싶은 일이 빈번합니다. 인스타그램에 온화한 미소를 띠며 '#남편고마워'로 글을 올리는 일들도 있지만, 그것보다는 일기장에 살벌한 표정으로 '전생에 무슨 죄를, 다음 생엔 비혼'을 무한반복 쓸 때가 더 많습니다.

아들의 질문에 대한 답으로, 실제 저의 결혼생활을 여기에 담았습니다. 외모지상주의자인 제가 결혼하고, 그로 인해 달라진 저의 생활을 하이퍼 리얼리즘으로 그려보았습니다. (결혼 후에야 비로소 알게 된) 비혼이 체질이기에, 동화와는 결이 다른 '나만의 행복'을 만들어가는 모습을 공개합니다.

덧.

위의 국내외 스트레스 원인에서 살펴보았듯이, 결혼을 안 하면, 인생에서 발생할 수 있는 스트레스를 반절 이상 줄일 수 있습니다.

고로, 가장 나은 방법이자 선제적 방어는 결혼을 안 하는 것입니다. 하하하.

이미 결혼하셔서 스트레스에 취약할 수밖에 없는 분들께는, 동질감을 통해 심심한 위로를.

아직 결혼을 안 하신 분들에게는, 쉽게 들을 수 없지만 결혼하면 일상인 광경을 체험하는 기회를.

마지막으로 이 결혼생활을 아직(?) 함께하는 (주관적으로 잘생긴) 신랑과 (외모지상주의자) 저에게 응원의 의미로, 이 글을 씁니다.

결혼하든 안 하든,

어느 쪽이라도 쉽지 않은 하루를 버텨내고 있을 모든 이들을 응원합니다.

모쪼록, 이 글이 그 하루를 버텨내는 데 조금이라도 보탬이 되길 바랍니다.

목차

2장 __ 이번 생에 애엄마는 처음이라서요

3장 __ 워킹맘, 일의 기쁨과 슬픔

2부 결혼은 신중한 줄, 이혼은 신속할 줄
- (나홀로) 부부 심리상담

4장 __ 이혼, 참을 수 없는 물음의 가벼움

5장 __ 부부, 갈수록 어려운 사이

1부

외모지상주의자의 극사실 결혼생활

1장

결혼의 불편한 진실

외모지상주의자의 극사실 결혼생활

결혼하는 것은 나쁘지 않지만,

조심하는 것이 좋을 것이다.

- 토마스 가타커

지인이 2주 남은 결혼식 청첩장을 주었다. 그가 쑥스럽게 웃으며 "결혼에서 가장 중요하게 생각해야 하는 점이 뭔가요?"라고 물었다.

나는 거침없이 대답했다.

"결혼하지 마!!! 지금이라도 늦지 않았어. 항상 오늘이 제일 빠른 날이야."

혹자는 왜 너는 해놓고 나는 하지 말라는 거냐며 이해가 안 간다고 한다.(유사한 말로는 '가진 것들이 더 하다', '해본 사람이니 여유 있는 소리 하는 거다.' 등이 있다.)

진심으로 말한다.

기혼인 누군가 당신에게 결혼을 권장하고 있다면, 그는 당신을 아끼는 사람이 아니다. 나만 당할 수는 없다는 이른바 '다단계 판매 심리'로 당신을 끌어들이는 중이다.(같은 맥락으로 '자식은 하나 있어야지?' '하나로는 부족하지, 둘은 낳아야지.' 등이 있다.) 혹시 다시 태어난다면 나 역시 이 사실을 잊지 않도록 뼈에 새기고 싶다고 덧붙인다.

사람들 대부분은 나의 '결혼 절대 불필요설'을 한참 듣고, 수긍하지 못해 다시 물어본다.

"그럼, 지금 남편은 어떤 면이 좋아서 결혼한 거예요? 그래도 좋은 점이 있으니 결혼한 거잖아요."

그럼 난 또 즉답한다.

"나? 외모 보고 결혼했어."

대략 3초 정도의 정적이 흐른다.(나의 남편을 아는 분들은 5초 이상.) 이런 단호함은 나의 특징이 아니다. 음식점에서도 기호를 숨기고 타인의 결정을 추종하며 '아무거나.'라고 한다. 그런데도 이 질문에 한정해서 주관을 당당히 밝히는 편이다.

결혼 전 조건 vs 결혼 후 조건

배우자 선택의 결정적인 이유가 '외모'라는 것의 기원은 청첩장을 돌리던 때로 거슬러 올라간다. 참고로, 이 '남편 미남설'의 시작은 내가 아닌 타인의 주장에서 시작되었음을 미리 밝혀둔다. 스물일곱 살, 결혼한다고 모바일 청첩장으로 웨딩사진을 보내 줬을 때 친구들끼리 이야기했다고 한다.

"아, 얘가 갑자기 일찍 결혼한다고 할 만하네. 신랑이 진짜 잘생겼다."(물론, 결혼식 당일에 남편 실물을 영접하고는 대부분 그 말을 철회하긴 했다.)

당사자인 나는 너무 황당했다. 결혼에 외모가 차지하는 비중은 참으로 미미했기 때문이다. 물론, 지금의 배우자가 결혼 전에 자기 닮은 연예인을 말할 때 언제나 격하게 공감하곤 했지만 말이다. 참고로 자칭 닮은 연예인으로 비, 박해일 등이 있고, 타칭 닮은 연예인으로는 이광수가 있겠다. 교차점을 찾기가 쉽지 않은 줄 알지만, 나는 모두를 닮았다고 생각한다.(이 웃음기 싹 뺀 진지한 주장에 부실한 부연 설명을 하자면, 비와 닮은 점은 뼈대와 웃으면 0.2초 겹치는 인상이 닮았다. 박해일은 그의 인생 굴욕 사진과 신랑이 일 년에 한두 번 선해 보일 때가 있는데 그게 닮았다. 이광수는 다들 그냥 닮았다고 한다.) 이처럼 자칭 및 내가 생각하는 남편 닮은 꼴(비, 박해일)과 타인이 주장하는 남편 닮은 꼴(이광수)에는 간극이 크다.

내가 외모를 보고 결혼했다는 것을 스스로 인식했던 것은 아이를 낳고 나서다. 내 아들은 (내가 보기에) 잘생겼다. (난 잘 모르겠는데) 다들 애아빠랑 두 아들이 똑같이 생겼다고 한다. 3단 논법에 따라 나에게 신랑은 잘생긴 사람이다. 하지만, 등급의 차이는 분명하여 내 아들이 어머님 아들보다 월등히 잘생겼다고 생각한다.

최근에는 이 지극히 주관적 외모지상주의 현상이 더 심해졌다. 내 아이가 사랑스럽고 예뻐서 그 아이를 닮은 신랑을 보면 (하는 짓은 참 밉상인데) 사랑스러워 보일 때가 있다.

더 나아가 신랑이 유일하게 사랑해야 하는 사람인 현실적 상황을 반영하여, 요즘엔 내가 닮았다고 주장하는 연예인이 있다. (매우 조심스럽게) 남주혁이다. 참고로, 30년지기 친구에게 이 얘기를 하니 욕으로 화답했다. 그간 우정을 생각해서 굳이 닮은 점을 찾자면 '키'라며 훈훈하게 마무리했다. 신랑 본인에게도 말하니 기분은 좋은지 입꼬리는 올라가는데, 이성이 그건 아니라고 하는지 고개를 절레절레 저으며 민망해한다. (그래서 협박용으로 쓴다. 나 열받게 하면 회사 사람 꽉 찬 엘리베이터에서 큰 소리로 "○○○씨가 남주혁 닮지 않았어요?" 하고 얘기할 거라고 말이다. 이 협박은 항상 먹힌다.)

거듭 강조해도 지나침이 없다. 지극히 주관적이고 편파적인 관점이지만, 어쨌든 연예인들을 소환하여 신랑 외모를 묘사한 탓에 혹시라도 오해할까 봐 덧붙인다. 친절하고 착한 심성의 소유자로 싫은 소리 못하는 직장 동료에게 용기 내어 위의 이야기를 했을 때 나에게 한마디했다.

"흠… (2초 정적 후) 그 정도면 안면인식 장애 아니에요?"

그렇다, 사랑의 콩깍지 정도라 해두고 싶다. 난 (내가 좋아하는 기준의) 외모를 보고 결혼한 거였다.

물론 신랑의 외모는 세월의 풍파에 (더) 퇴화하였다. 사람이 살이 찌다 보면 코에도 살이 찐다는 사실을 몸소 알려준다. 결혼 전 저체중에서 결혼 10여 년 차인 현재 과체중으로 변모하며 굳이 세월을 몸에 새겼다.

그래서인지 틈만 나면 장식장 속 기념품처럼 고이 누워계실 때가 잦다. (장식장에 같이 구겨 넣어주고 싶다.) 두 아들이 풀파워를 장착해 나에게 달려들어도 신랑은 멀리서 편히 관람하고 있을 때 화가 났다가도, 또 멋쩍게 씩 웃는 신랑 얼굴을 보고 넘긴다. (이 지점에서 내가 외모 보고 결혼했다는 것을 실감한다.)

행복한 결혼에 대한 단상

행복 = 조건/기대

위 공식은 배우자를 선택할 때도 적용할 수 있다. 외모, 재력, 집안, 인성, 직업 등 본인이 필요한 조건을 많이 가진 사람이 배우자가 되면 행복하고 만족스러운 결혼생활이 예견된다. 하지만, 이 조건들은 결혼

전의 탐색으로는 극히 일부분만 알 수 있는 것이다. 모든 것은 확실하지 않다. 상황이 바뀔 수도 있다.(예: 날렵한 콧날을 보고 결혼했는데 살이 10kg이 쪄서 콧등에 살이 쪘다.) 거기에 절망적인 것은 이런 '조건'은 결혼 후에 획득하기는 힘들다. 결혼 전이 최고치라고 보는 게 맞겠다. 줄어들지 않으면 다행이랄까.

그렇다면 결혼 후 급감할 가능성이 농후한 행복을 어떻게 하면 높일 수 있을 것인가. 바로 분모인 '기대'를 작게 만드는 것이다. 눈에 보이는 '상대방의 조건'을 늘릴 수 없다면, 눈에 보이지 않는 '나의 기대'를 줄이는 것이다.

이론을 적용하여 실전에 접목하면 다음과 같다.

치밀하고 완벽주의 성향인 나는 결혼 전에 많은 조건을 보았을 것이다. 결혼 당시에 보았던 조건들은 착각이었을 수 있고, 상황이 변해서 바뀌었을 수도 있다. 장점은 살면서 늘어나는 경우보다는 줄어드는 게 일반적이다. 이럴 땐 과감하게 선택해야 한다. 배우자를 선택한 조건 중 지금 남아있는 것에서 내가 제일 좋아하는, 단 하나만 고르고 거기에 가중치를 주어 최대화한다. 내 경우는 '외모' 하나만을 남겨둔다. (자기 합리화와 자가 세뇌 과정을 거쳐) 이상형의 외모인 사람과 지금 함께 살고 있다는 사실만을 부각한다. 조건을 키운다.

동시에 기대는 낮춘다. 좀 더 자상한 성격의 소유자였다면, 휴대폰을 덜 보고 아이들과 더 많이 놀아주었으면, 설거지는 시키지 않아도 자발적으로 해줬으면 등 상대방이 가졌으면 좋겠다고 생각하는 것들을 제거한다. 꼭 필요한 것이라면 대체품을 찾기도 한다. 자상한 성격은 TV 속 남주혁 님에게, 아이들과 놀아주는 건 EBS 선생님께, 설거지는 12인용 식기세척기에 각각 위탁할 수 있겠다.

한마디로 '외모 외에는 덤이다.'라고 생각한다. 그러면 그 외의 나의 기대들이 충족되었을 때는 고맙고, '아니면 말고.'가 된다.

높은 선반에 있는 와인 잔을 의자 없이 내리고(와인 잔을 쓸 일이 별로 없지만), 화장실 천장을 거침없이 청소하며(이 기능은 신혼 초 이후로 삭제되었지만), 바지를 사면 기장을 줄일 일이 없어 수선비가 들지 않고(살림에 큰 보탬이 되리라 믿는다), 매장에 누워있는 옷을 입혀놔도 저절로 맵시가 산다.(정확히 말하면 뒷모습. 등은 살이 쪄도 표시가 잘 나지 않는다.)

거기에 신랑을 닮아 아이들이 또래보다 키가 큰 것을 보며 진심으로 감사한다. 이 부분은 세뇌 작업 없이도 바로 느낄 수 있다. 본인도 인정했다. 내가 아이를 낳던 날, 187cm 장신 남편은 막 태어난 아들을 보고 딱 한마디했다.

"카, 역시 내 아들이라 키가 크네. 난 이제 할 일 다 했다."

그렇다. 신랑은 아이에게 큰 키를 유전적으로 물려주었으니 소임을 다했다고 생각하면 된다. 아이들이 키가 작다고 스트레스를 받을 일도 없고, 충족해줘야 할 조건들(영양, 수면 등)을 돌아보며 자책할 일도 없다. 아이들 키에서만큼은 나는 매우 여유롭다.

나의 진심 어린 결혼 만류 설득은 또 실패하여, 청첩장을 준 지인의 결혼식에 갔었다. 결혼식을 보니 10년 전 내가 결혼할 때가 떠올라 훈훈하게 '우리도 저럴 때가 있었지.'라고 신랑에게 카톡을 보냈다. 돌아오는 답변은 결혼식장 뷔페를 맛있게 먹고 오라는, 지극히 현실적인 신랑이었다. 내 기억 속 10년 전 신랑이 아니었다.

다시 되뇐다.

잊지 말자, 난 외모(만) 보고 결혼했다.

결혼, 왜 해?

새로운 곳으로 가는 건

처음엔 기분이 좋지.

안 좋은 기억이 없잖아 아직은.

-실키 글·그림, 《하하... 하이고》, 현암사, 2018

"결혼 안 해? 여자 나이, 크리스마스 케이크와 같은 거야. 25를 정점으로 값어치가 떨어지는 거지."

25세, 처음 직장에 들어왔을 때 선배가 한 말이다.

지금보다 더 팔랑귀였고 얄팍한 주관마저 없던 시절, 나는 그 말을 또 가슴 깊이 새겼더랬다.

이후에도 그와 비슷한 이야기(그놈이 그놈이다, 어차피 결혼할 거면 일찍 해야 한다 등)를 지속해서 들었다. 그 결과 2년 만에 결혼했다. 결혼을 결정하는 수많은 요인 중의 하나일 뿐이었지만, 더는 결혼 종용 이야기가 듣기 싫어 주변의 기대에 부응하며 결혼했음을 고백한다.(반복되는 이야기지만, 외모를 최우선 기준으로 두고 배우자를 선택했음을 다시 한번 당당히 밝힌다.)

결혼을 인생 숙제처럼 여기는 그대에게

비록 나는 그 많은 설득과 회유를 뿌리치지 못했지만, 아직 기회가 있는 지인들에게 꼭 알려주고 싶다. (굳이 하시겠다면) 결혼 전 (적어도) 세 가지만 다시 생각해보자.

❶ 지금 '나'의 상태를 돌아볼 것

다리가 아플 땐 의자를 사면 안 되고, 배가 고플 땐 장을 보지 않는다. 다리가 아플 때 의자를 고르면 웬만한 의자는 다 편해 보이고, 배가 고플 때는 (내가 아니기에) 평소라면 사지 않을 것들까지 구매하게 된다. 혹시 지금 내가 이런 상황은 아닌지(지났다면, 아니었는지) 살펴보면 좋겠다.

나 같은 경우에는 외로움의 '해결책'으로, 직장생활의 고단함을 달래줄 '안식처'로서 결혼을 생각했던 것 같다. 잘 포장된 대의명분이었다. 지금 돌아보니 실제로 결혼은 나에게 '도피처'였다. 예민하고 섬세하게 태어났으나 방목형 인간으로 길러졌고, 사랑받고 싶은 내 안의 아이를 무시하며 지냈지만 사랑받고 싶은 욕구는 언제나 숨 쉬고 있었다.

모든 동화의 끝처럼, 나도 '(내 눈에 잘생긴) 왕자님과 결혼하여 행복하게 살았답니다.'로 결혼을 사랑의 종착지이자 인생 행복의 출발지로 설정했던 것 같다. 동화가 아이들의 꿈과 희망을 위해 쓴 허구임을 인지하지 못했다. 실제로는 '그리하여, 결혼이라는 판도라의 상자를 열어버렸답니다.'로 끝나는 이야기였는지도 모르고 말이다. 언젠가는 좋아지리라는 '희망'을 버리지 못한다는 점에서는 동화와 결을 같이한다.

나에게 부족한 무언가를 채우기 위한 수단으로, 결혼을 바라보았다. 내가 진정으로 원하는 게 무엇인지도, 나의 문제가 무엇인지도 모른 채, 막연히 결혼을 정답으로 생각했던 것 같다. 그럴 때 마침 지금의 (이만하면 적합하다고 판단한) 상대가 있었고, 그렇게 결혼한 것이다.

물론 결혼 후 행복하지만(행복하다. 항상 행복하진 않지만, 굳이 불행과 행복 중 따진다면 행복이라고 하겠다) 내 안의 문제들은 혼자일 때보다 더 복잡해졌고 꼬여만 갔다.

내 마음에 꼬여버린 실이 가득 있다면, 그것을 풀어보든 잘라보든 그 엉켜버린 실 자체를 봐야 한다. 새로운 실을 하나 더 사는 것은 도움이 되지 않는다. 꼬여버린 실뭉치를 하나 더 얻을 수 있다.

❷ '상대'를 다 안다고 확신하지 말 것

지금 보는 그 사람의 단점이 내가 수용 가능한 최대치가 아닐 수 있다. 같은 의미로 지금 보는 그 사람의 장점이 나의 예상과 달리 최소치일 수 있다.

빠른 이해를 돕기 위해 실제 사례를 제시한다. 사귀기 전, 신랑이 병원에 1주일 정도 입원한 적이 있었는데, 가족들에게조차 입원 사실을 알리지 않았다. (불쌍한 사람을 지나치지 못하는 천성과 과일바구니까지 사주기엔 그리 친하지 않아서) 퇴근하는 길에(참고로, 소개팅하러 가는 길이었다) 잠시 그가 있는 병원에 들러 내가 집에 있는 과일로 도시락을 싸서 준 적이 있었는데, 신랑은 나에게 요리를 좋아하는 가정적인 이미지를 마음대로 입혀놨다.(참고로 난 외식을 제일 좋아한다. 내가 안 한 거면 뭐든 맛있음.)

나 역시 신랑이 전국 일주를 하며 여행 다닌 이야기를 할 때, '이 사람과 결혼하면 주말마다 여행 다닐 수 있겠다.' 하고 혼자 생각했는데, 결혼 후에 알고 보니 신랑은 집돌이라 주말이면 충직하게 집을 지켰다. 전국 일주는 본인 혼자 다 한 완료형이었고, 나와 함께 여행하겠다는 얘기는 없었던 것 같다.(이래서 한국말은 끝까지 잘 들어야 한다.)

훈훈하게 장점으로 예시를 들었지만, 단점의 경우에는 사태가 더 심각하다. 내가 이 정도는 감수할 수 있다고 생각(예: 빠른 판단력이 있는 대신 공감 능력은 다소 약하다)하고 결혼했건만 감내할 수 있는 역치를 넘어서면(예: 차라리 그냥 듣기만 하지, 벽이랑 말하는 게 낫지 않을까. 최소한 튕겨내진 않으니) 그때부터는 장르가 액션 호러물로 바뀐다.

혹시 또 이런 생각이 들 수 있다. '날 사랑하기 때문에 변할 수도 있지. 사람이 살면서 바뀌기도 하잖아.'라고. 단언한다, 사람은 고쳐 쓰는 게 아니다. 특히 소프트웨어는 업그레이드되지 않으며, 결혼 시점이 가장 최고 사양이며, 다운그레이드될 수도 있다. 하드웨어는 감가상각이 적용된다.(노화로 인해 쉽게 방전되어 초저녁부터 취침 모드로 들어간다.) 쉽게 반품도 할 수 없으며(내가 제작자인 어머님께 여쭤봤더니 안 된다고 하셨다.), 당근마켓에서 무료 나눔도 어렵다.

보이는 게 전부가 아니며, 확신은 금물이다.

❸ '상황'에 이끌려 가고 있나 확인할 것

젊으면 뭐든 하기 좋다. 아이를 키우는 것도, 나 자신을 키우는 것도.

내가 결혼을 한참 생각하던 시점은 대학 졸업 후 바로 입사한 직장 2년 차 때였다. 직장 사람들에게서 아침 인사처럼 듣는 이야기가 "이제 취직했으니 결혼해야지."였다. 그러다 보니 인생의 '퀘스트'처럼 결혼은 당연히 해야 하고, 나는 마감 기한이 있는 숙제인 결혼을 미루는 듯한 착각에 빠졌다.

또한 결혼 독려 끝판왕 멘트는 "애는 엄마 아빠가 젊었을 때 낳아야 제일 좋대. 애를 언제 낳고, 언제 키울래? 너 지금 결혼해도 애가…"로 시작하는 말이다. 물론 생물학적으로 최적의 가임기가 있다. 하지만 요즘은 의학 기술의 발달로 건강한 시기의 난자, 정자를 냉동할 수 있는 등 다양한 보완책이 있다. 생물학적 나이는 그리 중요하지 않다.

물론 '아이 한 명을 키우는 데는 한 마을이 필요하다.'라고 할 정도로 체력 소모가 크다. 젊으면 그만큼 덜 수고스러울 수는 있다. 하지만 어디까지나 정도의 차이지, 젊다고 힘들지 않은 것은 아니다. 오히려 젊었을 때만 할 수 있는 것을 포기함으로써 오는 괴로움은 더 클 수 있다.

다수가 가는 길이 반드시 행복하고 옳은 길은 아닐 수도 있음을 잊지 말자.

결혼 10년 차가 주는 체크리스트

나는 결혼 당시 이 세 가지를 철저히 분석하지 않았음을 고백한다.(난 외모에 현혹되어 결혼했다.) 하지만 결혼을 생각하는 분들에게만 국한되는 이야기는 아니다. 사실 난 대체로 행복한 결혼생활을 유지하기 위해 이 세 가지를 복기한다.(결혼 전에 생각했으면 결혼을 안 하는 최선책을 선택했을 텐데, 아무튼.)

이를테면, 신랑과 날이 선 화려한 구강 액션 영화를 찍고 서로 상처를 심하게 입은 날이 있다. 그럴 때는 마음의 흙탕물을 가라앉히고 가만히 다음을 생각해본다.

❶ 내가 평소보다 힘든 상태는 아니었는지 돌아본다

- 배가 고팠나? (배고플 때 나는 내가 아니다.)
- 몸이 아팠나? (안 아픈 날이 없긴 하지만.)
- 회사에서 힘든 일이 있었나? (집보다 회사가 편할 때도 있지만.)

❷ 내가 상대를 다 안다고 자만하지는 않았는지 생각한다

- 저 표정은 나를 무시하는 건가? (그냥 기본값일 수 있다.)
- 그냥 아는 사람이라도 이렇게 대할까? (무엇을 상상하든 그 이하일 수 있다.)
- 예전엔 안 그랬는데? (그날이 특별했던 거다.)

❸ 상황이 이끄는 대로 끌려가지 않았는지 반추한다

- 긴급한 일정에 쫓겼나? (아침은 등원과 출근 준비로 매일 진돗개 1호 발령 상태이다.)
- 서로에게 감정 쓰레기통이 될 만한 일이 있었나? (업무와 육아의 저글링에 실패하여 화풀이 상대로 지목된 건 아닌지.)

찬찬히 생각하다 보면 대부분 세 가지 중 어딘가에는 멈추게 된다. 그러면 거기서 꼬인 실타래를 잠시 풀어본다. 쉽게 풀리지 않지만, 그래도 노력해본다. 그러면서 또 하루를 넘긴다.

우리 주변에는 결혼의 장점, 결혼해야 하는 당위성에 관해 설명해주는 것들은 많다. 하지만 결혼의 단점, 결혼하지 않아도 되는 이유에 대해서는 불친절하다.

모든 것에는 양면성이 있다. 양쪽을 다 보고 선택하는 것과, 한쪽은 아예 보지 못하고 선택하는 것은 결과를 막론하고 임하는 자세가 다르다고 본다.

'결혼은 당연히 하는 거야.'라고 한쪽으로 치우쳐진 출발점을 최소한 가운데로 놓고 싶다. 이른바 나의 '해본 자의 비혼도 (참) 괜찮아'란 서툰 설득은 지속된다. 또한 이미 결혼한 나에게도 적용 가능한 위의 질문들을 던지며 셀프 체크는 계속될 것이다. 하고 싶지 않아도 계속해야만 한다, 평생.

여자의 결혼 적령기를 크리스마스 케이크에 비유하던 그 선배를 10년 만에 우연히 만났다. 그 얘기를 꺼내니 겸연쩍어하며 나에게 사과했다. 나 역시 이제는 그 정도 말은 튕겨낼 수 있는 단단함을 갖추었기에 웃으며 "덕분에 (외모만 보고) 일찍 결혼했어요."라고 화답했다.

지금 들으면 구시대적 발언이지만, 10년 전엔 평범한 농담에 지나지 않았던 선배와의 대화를 상기한다. 시간이 흘러 10년 후에는 "결혼 안 해?"가 아니라 "결혼 왜 해?"라고 질문 자체가 바뀌길 소망한다.

그래서 나라도 실천하겠다.

자, 결혼 왜 해?

구 사내 남자친구는 어떻게 현 애처가가 되었나?

풀꽃·2

이름을 알고 나면 이웃이 되고

색깔을 알고 나면 친구가 되고

모양까지 알고 나면 연인이 된다.

아, 이것은 비밀.

- 나태주, 《꽃을 보듯 너를 본다》, 지혜, 2020

동료 신랑이 애처가이시더라고요.

나 (주위를 두리번거림. 내 주위에 누가 있나 해서) 으응?

동료 지난번에 저에게 얘기하시더라고요. '난 결혼할 때 내 평생 운을

다 쓴 거 같다'고요.

신랑이 농담으로 웃자고 던진 말 같은데 진지하게 받아들이다니, 실소를 금할 수 없었다. 최근에 들은 얘기 중 가장 웃긴 이야기라서 그 말을 신랑에게 전해주니 당사자는 주저 없이 이렇게 받아친다.

남편 애처가란, 애처로운 사람이란 뜻이야. 그리고 안 되겠다, 회사에서는 말을 자제해야지, 원.

사내 커플이 사내 부부가 되기까지의 과정

우리는 사내 커플을 거쳐 현재는 사내 부부이다. 그래서 서로의 많은 부분을 알고 싶지 않아도 듣고 보게 되는 11년 차 현실 부부이다. 그런 우리 부부에게 자주 묻는 말이 있다.

❶ 어떻게 만나게 되었나?

우리의 만남은 한국사회의 노동환경이 주선해주었다. 법정 퇴근 시간인 6시는 간헐적으로 가능하며, 기본적으로 9시가 퇴근이고 늦으면 그다음 날 집에 가던 시절이었다. 회사 밖의 누군가를 만난다는 것은 구조적으로 어려운 일이었다. 습관적 야근은 주말에는 시체 놀이로 이어졌고, 새로운 누군가를 만나는 건 더욱 힘든 악순환이 계속되었다. 게다가 같은 층에 근무해서 오며 가며 보다 보니 마주치는 빈도수가 늘면서 자연스럽게 친숙해졌다.

결정적으로, 그가 아파서 입원했을 때 내가 동기 언니를 따라 병문안을 갔던 것이 우리의 첫 만남이었다. 즉, 그는 몸이 아픈 상태였고 난 아픈 사람을 가엾이 여기는 측은지심이 발동했다. 다시 말해, 둘 다 심신미약의 상태로 '평소라면 가뿐히 지나갈 수 있는 순간이었을 텐데.' 하는 아쉬움이 남는다. 하하.

❷ 누가 먼저 좋아했나?

이 부분에서는 아직도 명확한 결론이 나지 않았다. 의견이 엇갈리기 때문이다. 서로, 먼저 좋아한 것은 본인이 아니라고 단언한다. 확실한 건 둘 다 처음부터 연인관계를 생각하고 만난 게 아니란 거다. 사내 커플이 되는 것이 싫어서라도 거리를 두어야겠단 판단에 옛 남자친구들의 이야기와 연애 상담을 자세히 하곤 했다. 신랑도 마찬가지 생각이었는지 지난 연애사를 줄줄이 읊어가며 수다를 떨곤 했다. (그래서 남자들은 첫사랑을 못 잊는다는데 당신도 그러냐는 나의 질문에, 천연덕스럽게 '난 지금 첫사랑과 같이 사는데 무슨 얘기야.'라고 대답하는 신랑의 순발력에 놀라움을 금치 못한다.)

신랑이 먼저 좋아했을 거라는 나의 가설에 힘을 실어주는 사건이 최근 있었다. 컴퓨터에 신랑의 오래된 휴대폰 사진들이 있었는데, 우리가 처음 만났을 때로 추정되는 사진이 눈에 띄었다. 내 독사진이었는데, 찍히는 줄 전혀 몰랐던 사진이었다. 처음 보자마자 날 좋아한 게 아니었냐고, 그래서 마음속에 저장한 거 아니었냐고 추궁하자 신랑은 역시 당황하지 않고 차분히 대답했다.

남편 아, 몰라. 수많은 사진 중에 그걸 왜 찍었는지 어떻게 기억하냐. 그냥 휴대폰 카메라 셔터가 저절로 눌러졌나 보지.

나 뭐야, 그냥 찍힌 사진인데 왜 안 지우고 이렇게 컴퓨터에 저장해뒀는데. 이때부터 좋아했구먼.

남편 뭐래. 암튼 난 찍은 기억이 안 나. 미래의 큰아들이 와서 눌렀나 보네, 인터스텔라처럼. 암튼 난 아냐.

여전히 결론이 안 나는, '누가 먼저 좋아했냐'이다. 이게 왜 중요한가 하면, 누가 먼저 좋아했는지를 꼭 밝혀내서 귀책사유가 누구에게 있는지 정리하고 싶은 마음이다. 하하.

사내 결혼의 장단점

결혼하고 제일 많이 들은 질문은 "같은 회사에 다니는 게 불편하지 않아?"였다.

거기에 내 대답은 "글쎄요. 딱히요."이다. 그러면서 화제를 돌린다.

곰곰이 생각해본 결과, 사내 결혼의 장단점은 다음과 같다. 여기서 포인트는 '곰곰이', 즉 쥐어 짜내야만 알 수 있다는 것이다. 평소에는 실효성이 없어서 굳이 생각하지 않는다.

사내 결혼의 장점

❶ 같이 있는 시간이 많다

연애 시절, 저녁에는 예상치 못한 야근으로 데이트하기가 힘들었다. 사내 커플이기에 짬짬이 얼굴 보기도 좋고, 점심시간에도 데이트를 할 수 있었다. 단, 비밀 연애였기에 같은 엘리베이터를 타도 일행이 아닌 척 메소드 연기를 하며, 007 작전을 방불케 하는 접선으로 몰래 점심 데이트를 하곤 했다. (시간을 내서 일부러 봤다는 사실이, 지금 돌아보니 놀랍다.)

❷ 공통 주제가 많아 공감대 형성이 잘 된다

같은 회사이기에 서로 업무 이해도가 높고, 아는 사람들도 겹쳐서 이야깃거리가 끊이지 않는다. 공공의 적 앞에서는 한없이 친한 사이가 된다. 거기에 비슷한 나이에 직장생활을 시작한 점, 비슷한 생활 방식으로 인한 유사한 스트레스 해소법 등 다양한 부분에서 공감대를 쌓기가 쉬웠다.

사내 결혼의 단점

❶ 내가 보여주고 싶지 않은 모습까지 보인다

회사 내부 시스템에는 다양한 정보들이 들어있다. 출장, 연차 일정, 수당을 언제 얼마 받는지 등 모두 알 수 있다. 거기에 복도 통신은 매우 빠르다. 한번은 신랑이 이벤트에 당첨되어 아이패드를 탔던 적이 있다. 신랑이 말하기도 전에, 난 이미 그 소식을 들었고 결국 아이패드는 내 손에 들어왔다는 기쁘고도 슬픈 이야기가 있다.

❷ 내가 다 알고 있다고 확신할 때 갈등이 생기기 쉽다

"이거 이렇게 하면 되는 거 아냐?" 우리 부부가 제일 많이 하는 말이다. 회사에서 어떤 일을 하는지 대략 알고 있고, 일정도 공유되기에 자연스레 관여하기 쉽다. 하지만, 본인이 아닌 이상 놓치는 부분이 있어서 어설프게 아는 지식은 오히려 서로 화를 불러일으키기도 한다. 거기에 가끔은 모르고 싶은데 자연스레 아는 상황이 불편하기도 하다.

결국 장점은 사내 커플일 때, 단점은 사내 부부일 때 두드러지게 나타난다.

이어지는 질문이 있다.

"그래서, 사내 연애와 사내 부부를 추천하나요? 추천한다면 어떻게 해야 사내 연애를 할 수 있나요?"

결론부터 말하면, 장소가 중요한 게 아니라 사람이 중요하다. 다만, 같은 회사라고 하면 헤어졌을 때 내 의지와 상관없이 타인에 의해 나의 연애사가 자꾸만 회자하는 후폭풍이 더 오래갈 수 있다는 점을 인식했으면 한다.

사내 커플이 안 되는 법

솔직히, 어떻게 하면 사내 커플이 되는지는 모르겠다.(알았다면, 내가 진즉에 반대로 하지 않았을까?) 반대로, 어떻게 하면 사내 커플이 안 될 수 있는지는 잘 안다. 특히, 전혀 관심 없는 동료를 주변인들이 무분별하게 짝지어 주는 것에서부터 한 방에 벗어나는 방법 같은 것 말이다. 본인만의 기준점을 명확하게 제시하고, 굳건히 지켜나가야 한다. 그것을 나는 친한 언니에게서 보았다.

"벤츠 C클래스 이하는 안 봅니다."

언니 말에 따르면, 사회적 통념상 결혼 적령기에 있다 보니 자꾸 회사 내 사람들과 틈만 나면 엮일 때가 많았단다. 그럴 때 장황한 이유의 완곡한 거절은 쑥스러운 예스로 받아들여져 여간 난감한 게 아니라고 했다. 그럴 때 "벤츠 C클래스 이하는 안 봅니다." 말 한마디면 모든 것이 정리되는 마법을 경험했단다. 어쭙잖은 참견에서 시작되는 사내 커플 엮기를 거절하겠다는 확실한 의사 표현과 명확한 자기 기준에 박수를 보낸다. 저 대답을 한 언니는 실제로는 외제 차 소유 여부가 이상형의 기준은 아니다. 하지만 회사 내에서는 이상형을 찾지 않겠다는 의지의 표현으로, 그 센스가 돋보이고 당당함이 멋지다.

내가 이 방법을 10년 전에 알았더라면, 하는 회상에 잠시 잠겨본다. 내가 응용한다면, "남주혁 이하 외모는 안 봅니다."라고 했겠지. (시간을 되돌릴 수 없으니, 그냥 신랑이 남주혁 닮은 꼴인 것으로.)

모든 연인에게 해당하는 이야기지만, 특히 사내 커플은 피치 못할 우연들이 쌓여서 인연이 되는 듯싶다. 심리학에서 말하는 '단순 노출 효과(Mere exposure effect: 자주 눈에 띄는 것만으로도 호감도가 올라간다)'가 빛을 발하는 것이다. TV 광고 뒤에 흐르는 배경음악이 제목은 몰라도 친숙한 것처럼, 익숙함이 주는 힘을 무시할 수 없다. 사내 커플을 꿈꾸는 분이라면 단순 노출 효과를 잘 활용해보시라. 반대로 사내 커플이 싫으신 분이라면 명확한 자기 기준 제시와 더불어 잦은 우연을 경계할지어다.

끝으로, 구 사내 남친이자 현 애처가에게 한마디하고 싶다.

사내 남자친구에서 사내 애처가가 된 애처로운 이여,

가끔 사내 (비밀) 커플일 때로 돌아가고 싶은 건

이심전심, 염화미소, 두말하면 입 아프겠지.

그래도 여차저차하여 사내 부부가 된 건

낙장불입, 일수불퇴, 돌아가기 힘든 강을 건넌 것으로 치자. 후훗.

세상에 나쁜 사람은 없다. 나와 안 맞는 사람만 있을 뿐

한 사람에게 모든 것을 구하면 실패할 수밖에 없습니다.

우리가 인생에 간절히 필요로 하는 모든 요소를

한 사람이 가지고 있을 확률은 아주 낮지 않을까요?

- 정세랑, 《시선으로부터,》, 문학동네, 2020

음식을 두 가지로 나눈다면, 나는 이렇게 정의한다. 치킨엔 맥주, 피자엔 콜라처럼 함께했을 때 언제나 옳은 것들이 있다. 반면에 꿩 대신 닭, 소고기 대신 돼지고기 등 비슷하기에 대체 가능한 것들도 있다.

이상형을 나눌 때도 이와 비슷하다. 맥주의 시원한 목 넘김이 치킨의 퍽퍽함을 해소해주듯, 서로 다르기에 같이 있을 때 나의 부족함을 채워

주는 사람, '보완재'이다.

또 다른 하나는 소고기와 돼지고기처럼 비슷하기에 공통점이 많은, 나와 유사한 사람, '대체재'이다.

나는 배우자를 선택할 때 보완재와 대체재 둘 중 무엇이었을까?

보완재 vs 대체재

내게 없는 것을 동경하며, 함께했을 때 완벽해질 수 있는 보완재로서의 매력을 신랑에게 느꼈던 듯싶다. 크게 세 가지 포인트가 있었다.

❶ (언제나 선두에 나오며 빠질 수 없는) 외모: 나에게 없는 카리스마가 있다

나는 누구나 말 걸기 쉬운 사람이다. 길을 지나가면 전단지를 한 움큼 받고 있으며, 나에게도 낯선 곳인데 당연히 길을 묻는 사람부터 "도를 아십니까?"로 다가오는 사람까지 다양하다. 처진 눈꼬리와 크지 않은 체구가 좋은 말로는 '편안함', 나쁜 말로는 '만만함'을 주는 듯하다.

이에 비해 신랑은 선뜻 다가서기 어려운 사람이다. 너무 커 보이는 게 싫다며 3cm 줄여서 말하는 키가 184cm이고, 어깨는 넓은 편이며, 눈매는 다소 매섭다. 신랑은 긍정의 언어로 '카리스마'가 있고, 부정의 언어로 '차가운 인상'이다.

이런 신랑과 함께 다니면 득을 볼 때가 많다. 예를 들어, 길거리를 다닐 때 신랑이 옆에 있는 것만으로도 전단지 폭탄을 피할 수 있다. 또한 호객행위를 하는 사람에게 나는 한동안 붙들려있곤 하는데, 신랑은 그저 눈길 한 번에 손 한 번 위로 공손히 들었을 뿐인데 물러선다.

내가 노력해도 가질 수 없는 분위기를 가진 사람, 그와 함께할 때 내가 하지 못하는 경험을 하게 해주는 것은 충분히 매력적이다. 굳이 효용성을 묻는다면, 앞의 '전단지 거절'과 '호객행위 방지' 정도에 '불만 사항 항의하기'와 '환불받기' 정도를 추가할 수 있겠다.

❷ 나에게 없는 재능, 수학적 머리: 나의 단점을 채운다

초등학교 1학년 때 0부터 10까지 숫자 쓰는 숙제부터 싫어했다. 복잡한 수학을 떠나서 단순한 산수조차도 겁내는 나는 대표적인 수학 포기자이다. 고3 때, 수학 모의고사에서 다 찍은 친구와 내기를 했는데, 열심히 쉬지 않고 풀었던 내가 진 이후로는 깨끗이 수학을 접었다.

이에 비해 신랑은 아직도 《수학의 정석》을 가지고 있으며, 앞쪽의 집합만 주야장천 풀었던 나와 달리, 책 끝까지 필기한 흔적이 있다. 거기에 수학 경시대회에서 금상 수상을 한 경험도 있다는 말에 한 번 더 놀랐다.

이런 신랑과 함께 있으면, 식당에서 음식값 계산할 때 오류가 있는지 빠르게 확인할 수 있고, 가계부 정리 및 재산증식에 관한 재테크를 전적으로 위임할 수 있다. 마치 집안에 회계사를 둔 느낌이랄까. (그만큼 관리할 돈이 없다는 게 함정이지만.) 수학 시험 시간의 계산기처럼, 산수조차 취약한 나에게 심리적 안정감을 주는 것은 틀림없다.

❸ 여행과 스노보드: 내가 못 해본 것을 경험한다

신랑이 남자친구이던 시절, 제일 부러웠던 점은 다양한 여행 경험과 겨울이면 스노보드를 타러 간다는 것이었다. 내가 못 해본 것을 경험한 것에 대한 동경이 제일 컸다. 동시에 이 사람과 함께 산다면 자연스레 그것들을 같이 누리지 않을까, 하는 막연한 기대감이 나를 설레게 했다.

기대는 실망을 낳고, 섣부른 판단은 금물이다. 국내 여행을 혼자 다녔던 경험에서 방점은 '여행'이 아닌 '혼자'였다.(지금도 신랑은 혼자 차박을 다닌다.) 또한 매년 겨울에 보드 타러 가자고 했는데, 그 처음이 마지

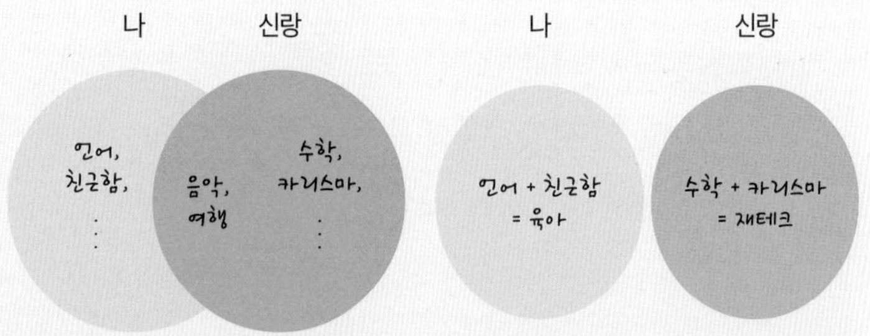

[결혼 전: 내가 생각했던 보완재] [결혼 후: 현재의 보완재]

결혼 전과 결혼 후 내가 생각했던 신랑과 나의 관계이다.
교집합이 있었던 과거, 완벽히 분리된 현재.
수학의 정석에서 집합에만 매진했던 기억을 소환해 그려보았다.

막이 되었다. 지독한 몸치지만 겁은 없어서 속도감을 즐기며 거침없이 활강하는 나에게 신랑은 스노보드 부적합 판정을 내렸다. 동시에 본인도 스노보드를 끊었다. 난 졸지에 신랑의 취미 하나를 없앤 사람이 되었다. 그래서 내가 못 해본 경험은 아직도 할 수 없는 경험으로 남아있다.

돌아보면, 여전히 신랑을 나의 보완재로 선택한 게 잘했다고 생각한다. 특히, 호객행위 방지에 신랑은 100% 효과를 자랑한다.(역시 외모는 옳다.) 하지만 약간 그 방향이 달랐음을 깨닫는다. 어느 정도 공통사항이 있어서 함께 공유할 수 있는 부분이 있다고 보았는데, 그 교집합이 사라지며 완벽하게 고유영역만 지닌 보완재가 되어버린 지금이다.

내가 함께하고 싶은 사람을 선택하는 기준에 정답은 없다. 나와 달라서 나를 보완해주는 사람이든, 나랑 닮아서 공통점을 나눌 수 있는 사람이든, 어느 쪽이 옳다고 단정 지을 수는 없다. 다만, 내가 어떤 생각을 바탕으로 그 사람을 선택했는지, 그 이유가 무엇인지를 들여다볼 필요는 있다. 생각하기 쉽게 두 가지로 나누어보는 것이다. 그 사람이 대체재인지 보완재인지로.

처음에 끌렸던 이유를 돌아보면 그 소중했던 감정이 소환된다. 그렇게 찬찬히 보면 그 사람이 변한 것도 있겠지만, 내가 원하는 게 바뀌었음을 발견하기도 한다.

모든 사람은 변한다.

동시에 한 사람에게 모든 것을 구할 수는 없다.

그때의 나도 맞고, 지금의 나도 옳다.

지금 당신의 곁에 있길 원하는 사람은

보완재인가요, 대체재인가요?

안녕! 소울메이트,
안녕? 육아메이트

인간은 어떠한 것에도 곧 익숙해지는 동물이다.

이것이야말로 인간에 대한 최상의 정의다.

- 표도르 도스토옙스키

남편 너의 소울메이트에게 밥 줘야지.

밝은 목소리의 신랑이 어항 속 물고기를 손으로 가리키고 있었다.

나 으응? 소울메이트? 나랑 물고기랑?

저 양반이 아침에 잠이 덜 깼나. 아침부터 싸우자는 건가. 이렇게 생각하다가 밝은 목소리였음을 상기하며 정신을 가다듬고 덧붙인다.

나 물고기랑 소울메이트라… 그래 전직 소울메이트 수고했어. 근데 물속에서 뻐끔거리며 눈 마주치는 게 전부인 얘랑 난 소울메이트는 아냐. 혹시 다른 사람에게 소울메이트란 단어를 쓸 땐 적어도 대화가 가능한 대상에 붙여줘.

결혼 전, 구 소울메이트

소울메이트의 사전적 의미를 굳이 찾아보면 '영혼(soul)의 동료(mate)'라는 뜻으로, 서로 깊은 영적인 연결을 느끼는 중요한 인물이다. 옛날에는 연인·부부 등 남녀 사이를 시적으로 표현한 말이었다고 한다. (신랑, 알았지?)

지금은 물고기에게 소울메이트의 자리를 기꺼이 내어준 신랑이 나의 소울메이트였던 시절이 있었다. 온종일 붙어있어도 이야기가 끊이지 않고 유쾌했다. 음악적 취향도 잘 맞았고, 가치관도 비슷했으며, 같은 공간에 있는 것 자체로 나에게 안정감을 주었다.

소울메이트가 된 것에는 여러 이유가 있었지만, "지금 신랑과 왜 결혼했어?"라는 질문에 언제나 한결같이 "(눈이 호강하니) 함께 있는 게 좋아서, 떨어지기 싫었거든."으로 화답한다. (나에게도 이런 시절이 있었다, 있었겠지? 넘어간다.)

그러다가 현실 결혼생활을 접하는 순간부터 두 사람 사이의 영혼의 연결성은 느슨해진다. 연애할 때는 같은 이상향을 꿈꾸는 두 사람의 감정교류가 주축이었다. 상대방의 아픈 부분을 보듬어주고, 서로 최종 꿈에 대한 희망스러운 이야기 등을 나누었다. 그러나 결혼은 생활이고 현실이다. 이번 달 시어머님 환갑은 어떻게 해야 할지, 아파트 청약은 어떻게 해야 당첨 확률이 높아질지 등을 고민한다. 장점(키 크다, 보고 있으면 흐뭇하다 등)은 당연히 여겨지고, 단점(키만 크다, 뒤태만 좋다 등)은 크게 두드러지며 반짝이던 감정의 탈각은 시작된다. 마치 페인트칠이 비바람에 풍화되어 점점 벗겨지듯이.

결혼 후 육아메이트와 삽니다

아이가 생기면 반짝이던 감정의 탈각은 가속화되고, 결국 새로운 국면을 맞는다. 한 생명을 돌보려면 개인의 한계 체력을 넘어서야 하고 감정 그릇도 커져야 한다. 부부의 영적인 교감은 사치다. 손발은 휘적휘적 바쁘고, 미소는 아이에게만 아껴 쓰며, 대화는 실용적으로 바뀐다. 각자 짊어지고 있는 삶의 무게에 버거워하며 배려 또는 의무라는 이름으로(속마음은 다를지 몰라도) 가벼운 위안의 말을 건네는 것조차 자제한다. 이때부턴 가정의 평화를 위해 "밥은?" "언제 와?" "난 잔다." 등 생존형 대화만 하는 것이 불문율처럼 자리 잡는다. 서로의 감정을 받아줄 여유가 없고, 자칫 어설프게 교감해봤자 이전의 소울메이트는 이미 아님을 실감하며 실망만 할 뿐이다.

구조상 반품·교환이 어렵고, 가족으로 지낸 세월이 주는 찐득함과 서로에게 길들인 시간에 노력과 기회비용까지 생각하면 답은 하나다. 사람은 그대로 두고 역할만 바꾼다.

그리하여 탄생한 '육아메이트.'

(키 큰 아빠와 왕성한 식욕의 엄마를 닮아 발육상태 상위권에 빛나는) 두 아들을, 비루한 체력이지만 효율적 업무분장으로 버텨내 보자는 공동의 목표하에 결성되었다. 육아메이트의 역할은 고정이 아니다. 얼마든지 조율할 수 있다. 각자의 주장은 다음과 같다.

❶ 남편: "각자 잘하는 것을 하자."

신랑은 경영학과 출신답게 전문화·분업화·효율화를 추구한다. 최소의 육아 노동력 투입으로 최대 시간 버티기가 지향점이다. 자연스레 육아의 많은 부분(재우기, 이 닦이기, 책 읽어주기, 식사 및 간식 챙기기, 옷 입히기, 고민 상담 등 욕구 해결, 토라진 아이 달래기, 빨래, 청소 등)은 신랑이 전문가라고 추켜세워 주는 나에게 위임하고, 신랑은 그 외 다수(목욕, 이발, 어린이집 등원, 재테크, 파손된 물건 수리, 분리수거, 어항 청소, 가장의 무게… 응?)를 담당한다. 거기에 확장된 분업 형태로, 육아 몰아주기를 해서 한 사람이라도 양질의 휴식 시간을 보장하고자 한다. 일요일 오전 6시에서 오후 6

시까지는 신랑이 휴식, 그 외는 나… 으응??

❷ 나: "잘할 수 있는 여건을 만들어 줄게."

난 행정학과 전공으로 효율성도 중요하지만 형평성도 고려해서 육아 시간 빈익빈 부익부 현상을 완화해야 한다고 주장한다. 아빠와 함께하는 절대적 시간을 늘리면 당연히 아이들이 아빠를 더 따를 것이고, 아빠만 줄 수 있는 양육(아이 머리가 천장까지 닿게 올렸다가 내려주기, 두 명을 한 번에 안아 올리기 등)을 통해 아이와 아빠의 상호 행복감이 증진할 것이라고 말한다.

물론 이렇게 고상한 단어를 들먹이며 이견을 조율하지는 않는다. 더 강조하고 싶은 것을 매우 큰 목소리로 한다거나, 이건 꼭 관철되어야 하는 부분에서 동작을 추가한다거나(방문 쾅 닫기, 고가의 물건 푹신한 침대로 살포시 던지기), 말보다는 보디랭귀지나 행동으로 한 번 더 피력하며 가끔 거친 몸의 대화(?)를 하기도 한다.

서로 '가정의 기여도' 수치에 관해서는 첨예하게 대립한다. 반면 결론은 일치한다, "내가 더 많이 한다."로. 아이들이 자라남에 따라 신랑의 육아 기여도가 급격히 증가세를 보이는 것은 사실이다. 여기서 '증가'란 기존 대비 늘어난 것을 뜻하며 절대적인 양을 뜻하는 게 아니다. '외모 보고 결혼한 건데'라고 자기 세뇌를 하며, 이 정도면 패스하는 게 내 정신건강에 좋다. 육아메이트는 그렇게 서로의 육아 장점을 애써, 마지못

해 칭찬하며 하루를 슬기롭게 넘겨본다.

얼마 전 진정한 소울메이트를 만났다는 지인이 묻는다.

지인 결혼하고 10년 정도 지나면 어때? 처음처럼 가슴이 뛰고 떨리는 감정이 아직도 있어?

나 그럼, (뒤태 볼 때 가끔) 떨리지. 치가 떨리는 건 자주. 근데 계속 떨리면 신체 구조상 죽어. 못살아.

1차 산업혁명: 농경사회 → 증기기관의 발명 → 산업사회
1차 관계혁명: 소울메이트 → 아이의 탄생 → 육아메이트

그렇다, 농경사회에서 증기기관의 발명을 시작으로 1차 산업혁명을 통해 산업사회로 생활환경이 완벽히 바뀌듯, 우리 부부 역시 소울메이트에서 아이를 낳음으로 육아메이트로 관계가 변화했다. 살기 위해 적응하고 변한다. 자연스럽다. 내가 예상했던 결혼의 맛이 이게 아님을 느낄 때, 가끔 씁쓸하긴 하다. 입에 닿자마자 달짝지근함이 입안에 고루 퍼지는 부드러운 밀크 초콜릿에서 카카오 함유량 90%가 넘는 건강한 맛의 다크 초콜릿으로 맛이 변했다. 또 익숙해진다.

자, 소울메이트를 거쳐 육아메이트로, 그다음은?

그것이 무엇이든 괜찮다.

어차피 우린 돌아갈 순 없다. 비록 둘 다 심신불안 상태에서 내린 선택이라 해도, 그에 대한 책임감이 강하며 현실에 잘 순응하는 인간들이다. 희미하지만 소울메이트 시절의 말캉한 기억을 세포 어딘가에 간직하고 있다. 쉽게 눈에 띄는 곳은 아닌, 저 구석 어딘가에. 원래 소중한 건 안 보이는 곳에 꼭꼭 숨겨… 구차하니 그만. 아무튼 잘 적응할 것이다.

안녕(Bye)! 나의 소울메이트.

안녕(Hi)? 나의 육아메이트.

늙은 상전에게 고함

많은 사람이 인생의 마디마디에서

등을 밀어주고 때로는 등을 토닥여준 덕분에

여기까지 올 수 있었겠지요.

내 등에는 분명 많은 따뜻한 사람의 손자국이

또렷이 찍혀있을 겁니다.

- 요시타케 신스케 글·그림, 고향옥 옮김, 《결국 못 하고 끝난 일》, 온다, 2018

우리집엔 두 종류의 상전이 계신다. '어린 상전'인 나의 아들과 '늙은 상전'인 어머님 아들이다. 올해 늙은 상전님께서 불혹을 맞이하셨다. 세상의 유혹에 흔들리지 않는 나이라지만 그건 공자님이니까 가능했던 거고, 우리집에 계신 분은 야식의 유혹에 격하게 흔들리며 운동을 물리치고 경거망동하지 않으신다.

그래도 올해는 조금 다르다. 유학을 목표로 영어 공부에 열을 올리고 있는 신랑에게 기대를 걸고 있다. 어린 상전을 내가 전담하는 조건으로, 신랑이 확보한 공부 시간이기에 부담감을 팍팍 준 덕분일까. 작년 말부터 영어 공부에 매진하신 남편님(이럴 땐 극존칭을 해줘도 아깝지 않다)께서 고무적인 성과를 올리고 있다. 혼자 방에 있을 땐 차박 영상 보다가, 다 같이 밥 먹을 때 유튜브 영어 강의를 듣고, 굳이 화장실에 영어 단어를 적은 포스트잇을 붙여 놓는 전형적인 전시행정을 보면서도 흐뭇하다. 가끔 잘하고 있는지 불심검문을 할 때 넷플릭스 영화를 보다 걸려도 영어 자막이라는 궁색한 변명을 늘어놓긴 해도 말이다. 어쨌든, 그간 노력은 합격점이다.

나는 뭐든 스스로 해야 했다. 미취학 아동 시절, 모르는 단어의 뜻을 물어보면 아빠는 조용히 사전을 건네셨다. 초등학교 1학년 입학식도 혼자 갔었고, 준비물도 언제나 내가 챙겨갔다. 그렇게 뭐든 난 '알아서 척척, 스스로 어린이'였고, 커서는 '알고는 있지만 마지못해 혼자 하는 어른'이 되었다.

가끔은 어쩔 수 없이 몸에 밴 반사적 성실함이 싫다. 올해는 더욱 격렬하게 싫다. 연초부터 다양한 병원들을 섭렵하고 다녀서일지도 모르겠다. 그래서 결심했다. 옆에서 목표를 향해 매진하는 남편에게 무턱대고 무임승차 해보기. 물론 성격이 다소 급하기에 여유로운 신랑을 보면 '내가 직접 공부하는 게 낫지 않을까?' 하는 순간들이 불끈불끈 찾아온다. 그래도 믿고 기다려보기로 한다. 지금은 또 그래야 할 때인 듯싶다.

불혹인 남편을 대하는 자세

'믿음'이라는 게 생각보다 힘이 큰 것 같다. 사실 나는 신랑의 외국어 능력을 높게 평가하지 않는다. 본인도 제일 자신 없어 하는 부분인데다 외국어에 있어서만큼은 내가 더 유리한 기본기를 가지고 있기 때문이다. 둘 중 한 사람이 공부해야 한다면 내가 하는 게 맞음에도 불구하고, 올해는 신랑을 믿어본다. 그리고 그 믿음을 실어 따뜻한 말을 건네본다.

영어 시험성적이 생각보다 안 나왔다고 울상일 때는 "오, 처음 하는데 이 정도면 장난 아냐. 성적이 신발 사이즈부터 시작하는 사람들도 많은데 뭘. 훌륭하다, 훌륭해. 역시 신랑은 하면 된다니까."라고 격려해본다. 또 영어성적이 조금 잘 나와서 자랑할 때는 놓치지 않고 "와!! 이거, 곧 외국 가겠는데? 두 달에 이 정도면 대단하다, 대단해. 일하면서 공부하는 게 쉬운 일 아냐. 이 어려운 것을 해내다니! 카, 난 얼굴만 보고 결혼했는데 영어까지 잘하는 거야?" 하며 과장된 몸짓과 목소리로 한껏 추켜세워 준다. 또 그러다 보면 그 믿음이 선순환되어 실제로 성과로 이어지기도 한다. 그렇게 늙은 상전을 모신다.

잠시 어린 시절로 다시 돌아가 보면, 나 역시 칭찬받은 기억이 많지 않다. 엄격하신 부모님은 초등학교 성적표에 전부 '수'였는데 딱 하나 있던 '우'를 보고 나무라셨다. 대학교 재학시절 차석으로 반액 장학금을 받았을 때도 수석이 아니라 전액 장학금을 놓친 것에 혼나곤 했다. 그러다 보니 과정보다는 결과만을 보고, 잘한 점을 격려하기보다는 잘못한 점을 지적하는 게 익숙했다.

어느새 내가 신랑에게 그랬던 것 같다. 신랑도 이심전심으로 나에게 더 많은 지적을 해주었다. 주고받는 지적 속에 싹트는 건 거리감이었다. 올해는 지적 대신 격려와 응원을 자주 하겠다고 다짐해본다. 다짐과 실천 사이에 버퍼링이 생길지도 모르지만. 불혹을 맞이하여 새로운 도전을 하는 남편에게 조건 없는 믿음을 가져보려 한다. 그게 모험이라 할지라도.

그런데도 원래 한국말은 끝까지 들어야 한다. 늙은 상전님께, 딱 한 가지만 고하고 싶다.

체중 미달에서 시작하여 지금은 과체중을 살짝 넘으신 그대,

얼마 전 앉다가 바지가 찢어져도

회사에서 안 찢어진 게 다행이라며 웃는 초긍정 마인드의 남편님,

술 먹고 들어와서 과도한 스킨십으로

내 아들을 깨우는 어머님 아드님이시여,

철없는 개구쟁이여도 좋다. 건강하게만 살아다오.

우리집에는 당근맨이 산다

생각이 잘 안 날 때 / 혼나고 싶지 않을 때 /

미움받고 싶지 않을 때 / 슬프게 하고 싶지 않을 때 /

진짜처럼 보이고 싶을 때 / 무언가를 지키고 싶을 때 /

사람은 거짓말을 한다.

- 나카가와 히로타카 글, 미로 코마치코 그림, 이기웅 옮김, 《거짓말》, 길벗어린이, 2017

"결혼 잘했네. 이런 신랑이 어디 있냐."

이 소리는, 내 입에서 나오는 말이 아니다. 신랑이 하는 말로, 당근마켓에서 내 자전거를 사온 후였다. 그럼 난 이렇게 화답한다.

"암, 잘했고말고. 아주 잘했어. 당근맨!"

나는 당근마켓을 사랑한다. 당근마켓 이전에는 중고나라와 맘 카페에서 중고 물건 사고팔기가 내 취미였다. 첫째가 나오던 날 새벽, 아파서 잠을 못 이루던 때에도 중고나라에서 젖병소독기를 구매하느라 진통마저 잊었던 나였다. 여기, 현재에 집중하기에는 중고 거래만 한 게 없다.

신랑과 나는 로또 같은 사이다. 안 맞아도 그렇게 안 맞을 수 없다. 갈등은 일상이다. 외모부터 시작하면 신랑은 키가 엄청나게 크고, 그 옆에 서면 나는 매우 작다. (실제로는 내 키가 평균임을 강조한다.) 신랑은 이제 과체중이며 나는 여전히 저체중이다. 식성은 생선과 채소를 좋아하는 신랑에 비해, 나는 생선 비린내를 싫어하며 고기가 진리이고 채소는 거들 뿐이라고 외친다. 거기에 '사고형'에 논리적인 신랑은 문제 해결에 최적화되어 있지만, 나는 '감정형'에 갈등 회피형으로 '둥글게 둥글게'가 인생 모토이다. 하지만 이상하게 신랑과 네 마디가 넘어가는 대화를 하면, 신랑은 문제를 일으키고 나는 갈등을 만들어 불처럼 타오른다. 그래서 언제나 집안의 평화를 위해서 사회적 거리두기를 실천하고 있다.

신랑이 생각하는, 내가 결혼을 잘한 이유

그런 신랑과 내가 장단이 척척 맞는 부분이 있으니, 그건 바로 중고 거래이다. 우리의 거래는 신랑이 자취할 때 쓰던 침대를 판 것을 시작으로, 용달차를 불러서 사 왔던 리클라이너, 서울에서 수원까지 운전해서 데려온 아기 식탁 의자까지…. 우선 물건을 산다고 하면 중고 시세부터 알아보는 게 습관이다. 그리고 그 물건의 배송은 신랑이 전담한다.

많은 말이 필요 없다. 카톡으로 날짜와 시간, 금액, 사야 할 물품 사진과 확인해야 할 사항을 간단히 보낸다. 그러면 출동해서 사 온다. 가끔 "이게 꼭 필요한 거야?"라고 물어보기도 한다. 얼마 전에 내 e북 리더기를 사 올 때 필요성을 물었으며, 다시 팔 것을 종용하고 있다. 하지만 대부분은 묻지 않는 게 암묵적인 규칙이다. 쿠팡을 '쿠팡맨'의 '로켓 배송' 때문에 이용한다면, 당근마켓은 우리집 '당근맨'의 '타조 배송' 때문에 애용한다. 로켓 배송, 치타 배송처럼 빠르진 않지만, 키 크고 새 중에는 빠른 편인 '타조 배송' 정도면 적당하다.

이번에 사 온 자전거의 경우 우리 당근맨의 구력이 더욱 잘 드러난다. 물품을 설명하려는 판매자에게 쿨하게 돈부터 드리고는 "바로 사 가겠습니다." 했단다. 187센티의 키를 20인치 자전거에 구겨 넣어서 서커스 단원처럼 집까지 타고 왔다. 끌고 오지 그랬냐는 나의 물음에, 몰라도 한참 모른다는 눈빛을 한번 발사하더니 이내 이렇게 말한다.

"안전한지 직접 내가 타봐야지."

그날은 마침 보슬비가 내렸다. 살짝 젖은 머리카락을 무심히 툭툭 털면서, 그렇게 나의 새로운 자전거를 배송 완료했다. 그러고 나서 마지막

화룡점정으로 신랑 입에서 나온 말이 바로 이것이다.

"결혼 잘했네. 신랑이 이런 자전거도 사 주고."

그렇다. 보통의 자전거가 아니다. 비록 중고 자전거지만, 당근맨의 타조 배송이란 수고로움과 직접 안전성 테스트를 거쳐 검증된 자전거이다. 그렇게 세상에 하나뿐인 자전거가 되었다.

"결혼 잘한 것으로 치면, 이렇게 알뜰살뜰 아끼고 절약하는 부인이 어디 있겠어. (너나) 복 받은 줄 알아."라고 말하고 싶지만, 대화가 길어지면 또 안 맞는 우리는 로또 부부이기에, 불혹의 사춘기를 겪고 계신 신랑님인 것을 참작하여 방청객 모드로 격하게 호응해준다. 우리집 '늙은 상전'이기에, 모시는 것을 잊으면 안 된다.

매일 아침, 신랑과 함께 출근할 때마다 내 자전거를 보며 신랑에게 한마디 건넨다.

"이야, 결혼을 잘해서 이런 자전거도 타고. 능력자야. 난 얼굴만 보고 결혼했는데 말이지. 하하."

메마른 결혼생활에

이렇게라도 잔재미를 찾아가는 노오력을 멈추지 않는다.

오늘도 당근맨은 타조 배송 상시 대기 중이다.

남의 자식과 함께하는 게 쉽지는 않습니다만

불편함은 일어나면 안 되는 일이 나한테 일어나고 있을 때 느끼는 감정입니다.

반면 상실감은 내가 좋아하는 무언가를 잃었을 때 느끼는 감정이죠. (중략)

잊지 마세요. 불편함이라면 원인을 찾아서 바로 제거하고,

상실감이라면 빈자리를 무언가로 '천천히' 채워 넣어야 합니다.

- 김경일, 사피엔스 스튜디오 지음, 《심리 읽어드립니다》, 한빛비즈, 2021

"너, 신랑과 대화가 잘 통해서 결혼했잖아."

얼마 전 나의 소개로 결혼에 도달한 비운의 친구와 카톡을 했다. 이상했다. 대화가 잘 통하는 사람, 분명 결혼의 이유였는데 그게 사라졌다니. (너도 혹시 나처럼 외모만 봤니?)

대화가 잘 통하는 게 결혼의 결정적 이유는 아니었지만, 나 역시 신랑과 말이 잘 통했다. 연애 시절엔 2시간도 넘게 막힘없이 이야기가 오고 갔었다.

결혼 10년 차, 지금은 코로나19 방역수칙인 사회적 거리두기를 확장하여 '신랑과 거리두기'를 철저히 실천한다. 또한 가정의 평화를 위해 상시 '가능한 대화 자제'를 시행 중이다.

거기에 나란 사람은 뭐든 글로 배운다. 활자로 인쇄된 것을 격하게 신뢰한다. 한 번에 쓱 볼 수 있는 영상보다 한 줄씩 읽어야 하는 책을 더 선호한다. 뭐든 책으로 배워야 한다는 나, 육아도 예외가 아니다. 물론 책을 읽는 것이 곧 행동으로 옮긴다는 것을 의미하진 않는다. 베스트셀러에 오른 육아서를 읽고 잠시 실천했다가 잊기를 반복한다. 나에게 육아서 읽기란, 책이라도 읽고 있다는 심리적 위안과 간헐적 실천의 그 중간 어디쯤이다.

육아서의 대화법을 내 아들과 어머님 아들에게 똑같이 적용합니다

육아서에서 주로 관심 있는 부분은 '말하기'이다. 나는 매우 섬세하지만, 말하는 게 서툴다. 높은 해상도로 고화질이 내장되어 있지만, 정작 출력물은 단조롭기 짝이 없는 흑백인 듯하다. 아이들은 나의 '감정을 쇄 대한 누른 채 횡설수설 말하기' 유전자를 받고, 거기에 나의 말하는 모습을 그대로 학습한다. 감정을 표현하며 소통하는 방법만큼은 아이들에게 조기교육을 시키고 있다. 그중 다음 세 가지를 중점적으로 해보려 노력한다.

❶ 구체적이되 간결하게 말한다

효과적인 지시는 대개 열 단어를 넘지 않는다고 한다. 추상적인 단어는 피하고 바로 행동에 옮길 수 있도록 설명해준다.

예를 들어, 아이들이 목소리가 클 때, "좀 조용히 좀 해. 시끄러워."보다는 "지금 목소리 크기가 8이야. 5로 줄여줘."라고 말한다.

신랑에게도 동일하게 적용한다. 단, 신랑에게 응용할 때는 공손함 한 움큼과 당위성 한 덩어리가 추가로 필요하다. 예를 들어, 음식물 쓰레기를 버려달라고 할 때는 음식물 쓰레기를 버리는 당번이 신랑임에도 불구하고 "음식물 쓰레기 좀 버려줘. 냄새나잖아."라고 하면 안 된다. "음식물 쓰레기가 가득 찼는데, 오늘 10시까지는 버려줄 수 있지?"에 "신랑이 힘든 일 해주니 참 좋네. 부탁해."라고 반드시 양념을 추가한다. 더럽(고 치사하)지만, 꼭 해야 한다. 신랑, 오해하지 마. 음식물 쓰레기가 더럽다는 이야기야. 하하.

❷ 정말 전달하고 싶은 이야기를 '나 전달법(I-message)'으로 한다

나의 숨어있는 욕구, 내가 진짜 원하는 게 무엇인지 생각해보고 말한다.

예를 들어, 아이가 시끄럽게 할 때 조용히 해달라고 하는 이유가 무엇인지 생각해본다. 단순히 소리가 귀에 거슬려서라면 목소리를 줄여서 해결이 되겠지만, 내가 조용히 쉬고 싶은 휴식의 욕구가 있다면 소리를 단순히 줄이는 것으로는 내가 진짜 원하는 것을 이룰 수 없다.

정확하게 내가 원하는 바가 무엇인지 파악이 되었다면, '나 전달법(I-message)'으로 전해 본다. 이를테면, "엄마가 지금 괴로워. 엄마가 10분만 혼자 방에서 충전하면 좋겠어. 시계 긴바늘이 10에 갈 때까지 장난감 가지고 놀 수 있어? 그러고 나서 엄마랑 더 신나게 놀자."라고 말해본다. 물론 그 10분이 되기 전에, '시곗바늘 10은 어디에 있냐', '얼마나 지나야 시곗바늘이 10까지 가냐' 등등 온갖 질문들을 다 쏟아내며 방문 앞에서 서성인다. 한 번에 되는 것은 없다.

같은 것을 신랑에게도 응용해본다. 12시가 넘도록 집에 들어오지 않고, 휴대폰에서는 '지금 전화를 받을 수 없사오니…'로 시작되는 익숙한 목소리가 흘러나온다. 집에 왔을 때 "왜 전화도 안 하고(못한 거니 안 한 거니), (뭐 하다가) 이제(서야 기어) 들어와?"라고 하고 싶지만, 육아서에서 배운 것을 복기하며 이렇게 얘기해본다.

"신랑이 밤늦게까지 전화 연락이 안 되면 난 걱정이 돼. 무슨 일이 생

졌나 싶어서. 이런 나를 배려해주는 의미에서 12시 전에는 귀가해주었으면 좋겠어. 혹시 12시가 넘으면 1시간에 한 번씩 문자 정도는 남겨줄 수 있어?"

이렇게 육아서에서 금방 튀어나온 듯한 모범답안을 읊어본다. 입에 착착 붙을 리가 없다. 그래도 연락이 안 되면 사고가 났을까 봐 걱정한 것도 사실이었고, 내가 바라는 것은 그런 걱정을 하지 않는 것이니 진심을 전달하는 말임에는 분명하다.

❸ 장점은 과장되게, 단점은 장점으로 치환해본다

첫째 아이는 내향적이고, 엄마 곁에만 딱 붙어서 7세의 지적 수준을 뽐내며 엄마의 실수를 지적하는 것을 취미로 삼고 있다. 그래서 "넌 왜 이리 소극적이고 친구들이랑 잘 어울리지 않는 거야."라고 말하기 쉽다. 그럴 때 바꿔 생각해본다. 소극적이라는 것은 신중하다고 볼 수 있고, 사교성이 부족한 것은 자기만의 세계에 충실한 것으로 본다. 그럼 첫째에게 이렇게 말할 수 있다. "우리 아들은 참 신중하고 생각이 깊을 때가 많아. 참 멋져."

반면에, 몸무게가 상위 5%에 빛나는 우량아 둘째 아이는 잠시도 쉬지 않고 움직이며, 자기 맘대로 하고 싶어 투정을 부린다. 그럴 때 "아휴, 왜 이렇게 산만하고 고집이 세니."란 말이 절로 나오는 것을 삼킨다. 대신에 "우리 둘째는 적극적이고 자기 주관이 뚜렷해서 참 좋아."라고 말해준다.

자, 여기서 그치지 않고 신랑님에게도 동일하게 적용해본다. 신랑이 나에게 하는 의견수렴의 절차는 요식행위고, 대부분 대화는 기-승-전-답정너이다. 그럴 때 "참 독단적이다. (그럴 거면 왜 물어봤니?) 다음에는 그냥 네 마음대로 해."라고 말하고 싶다. 그렇지만, 이성의 끈을 부여잡고, 난 책으로 대화법을 배운 여자이기에 "우리 신랑은 참 리더십이 있고 추진력이 강해."라고 말해본다. 거기에 그동안 리더십과 추진력을 발휘해서 일군 업적 등을 읊어가며 한 무더기 칭찬 후, 말미에는 이렇게 더해본다.

"거기에 다른 사람의 의견도 잘 들어보면 더 멋질 거 같은데? 내 의견도 들어볼래?"

이때 주의사항이 있다. 큰 기대는 하지 말아야 한다. 한 번에 되는 것은 없다.

결혼한 이유가 곧 이혼의 사유다

비운의 친구 이야기로 돌아가 본다. 친구는 세심하고 배려심이 많으며, 대화가 잘 통하는 점에 이끌려 결혼했다. 한때는 장점이었던 세심함이 지금은 예민함으로 피곤한 단점이 되었다. 거기에 공통점이 많기에 대화가 잘 통하는 게 장점이었는데, 둘이 똑같다 보니 매일 같은 문제에 말로 싸우고 부딪치는 단점으로 변했다.

장점이 곧 단점이 되기도 하고, 단점이 장점으로 변하기도 한다. 그래서 결혼한 이유가 곧 이혼의 사유가 되기도 한다. 그렇게 우리는 변해간다. 상황에 맞춰서 또는 시간이 흘러서. 결국 갈수록 말이 저절로 잘 통하기는 더 어려워진다.

저게 저절로 붉어질 리는 없다

저 안에 태풍 몇 개

저 안에 천둥 몇 개

저 안에 벼락 몇 개

- 장석주 시(詩), 대추 한 알

저 작은 대추 한 알도 저절로 여물었을 리 없는데, 우리집 작지 않은 사람들과 쉽사리 소통될 리가 없다. 특히, 30년을 따로 살아온 어머님 자식과 원만히 대화하며 사는 것은 쉬울 리가 없다.

한 번에 되는 것은 없다. 내 아들이든 어머님 아들이든. 최소한의 기간을 정해놓고(대략 10년이면 되려나) 태풍, 천둥, 벼락을 맞는 각오를 다지며(지진, 허리케인 등도 염두에 두고) 오늘도 입에 착착 붙는, 장에서 바로 튀어나오는 말들을 뒤로하고, 육아서 속의 모범 문장을 영어 암기하듯 달달 외워본다.

이 얼마나 효율적인 현장인가.

책 한 권으로 세 사람을 사회화시키고 있다는 막대한 사명감을 가지고, 훗날 며느리들에게 욕 안 먹기 위해, 육아메이트 신랑과 평화로운 육아란 공동목표 달성을 위해, 오늘도 난 육아서를 읽는다.

잊지 말자, 한때는 말이 통하는 사람이었음을.

애써본다, 어머님 아들과 함께하는 게 쉽지는 않습니다만.

우리는 로또 3등처럼 삽니다

병을 앓는 건 나를 돌아보는 계기이기도 했다.
타인의 눈을 의식하며 상처에 둔감한 척 연기하거나
자신을 하찮게 대했던 기억은 몸 안에 고스란히 쌓였다.
외부에서 나를 면면이 뜯으며 품평할지언정
나만큼은 나를 고매하게 대할 수 있어야 했다.
그런 태도가 자신을 지키는 내면의 면역력이 된다는 것을 뒤늦게 깨달았다.

- 라비니야 글·그림, 《나는 나에게 좋은 사람이고 싶어》, 스튜디오오드리, 2021

가보지 않았던 병원을 다녀왔다. 유방 외과. 작년 건강검진에서 알게 된 내 몸의 멍울이 만져질 정도로 커져서 부랴부랴 진료를 보러 갔다.

건강염려증에 다양한 병원을 짧게 다녀봐서, 이번에도 새로운 병원에 간다는 약간의 설렘(?)이 더 컸던 것 같다. 대부분 병원에서 그러하듯 크게 이상 없다는 이야기를 기대하고 갔는데, 조직검사를 해야 한다는 말에 장르가 시트콤에서 다큐로 바뀌었다.

조직검사 결과가 나오기까지 1주일 남짓, 감정의 롤러코스터를 타야 했다. '유방암'으로 검색한 직후에는, 아침에 내가 없으면 울면서 일어나는 어린 두 아들이 눈에 밟혀서 눈물이 앞을 가렸다. 그러다가 우선은 확실하지 않으니 침착하게 일하자며 나를 다독이고는 아무 일 없는 듯 지냈다.

토요일 오전, 병원에서 걸려온 전화를 받았다. 검사 결과를 들으러 오라는 거였다. 토요일이라서 신랑에게 병원 갔다 올 테니 애들을 봐달라고 했다.

"같이 가."

의외였다. 가까워서 걸어가도 되는데, 신랑이 춥다며 차로 같이 가자고 했다. 병원에 도착하여 잠시 기다리면서, 병원 TV의 유방 X-레이 결과를 설명하는 영상을 보고 있을 때였다.

남편 내가 유튜브로 유방 검사하는 거 찾아보다가, 저런 검사를 부인이 할 수 있나 했다니까.

나 뭔 소리야?

남편 부인은 없잖아. 평. 면.

나 … 아예 없진 않다. 방지턱 정도는 있다. (방지턱과 내 신체의 공통점을 찾아내는 나란 여자, 훗.)

남편 저 영상처럼 사진으로 볼 수 있을 정도로 나온다고?

나 물론 저 TV에 나오는 사람처럼 뭔가 많이 보이진 않아. 이렇게 소규모(?)여서 멍울이 만져진 거고, 일찍 병원에 올 수 있었던 거야. 저렇게 크면 늦게 발견해서 큰일났을지도 모른다고. 축복이야, 축복.

신랑을 향해 눈에서 레이저 한번 쏴 주었다. 그러고는 덧붙였다.

나 이따 내 것 봐봐. 저 화면하고 많이 다르긴 해. 하하.

다 맞을 수는 없고, 가끔 우리가 잘 맞는다 싶을 때

이것이 결혼 10년 차 현실 부부의 조직검사 결과 들으러 가기 전 대화이다. 이럴 땐 또 손발이 잘 맞는다. 지난주에 병원 다녀온 결과를 알려줄 때는 별말 안 하더니, 유튜브로 찾아봤다는 신랑의 의외성(?)에 약간 감동하기도 하고, 그 와중에 내가 검사를 못 할 것으로 상상했다니 웃음이 나오기도 했다. 거기에 오류 정정을 위해 당사자가 꺼낸 단어가

'방지턱'이라니. 환장의 커플이다.

다행히 검사 결과는 암이 아니었다. 의사 선생님은 다만, 개수도 많고 자꾸 커지기에 3개월 후에 추적검사를 해보고, 간단한 수술로 한 번에 제거하는 게 어떻겠냐고 하셨다. 병원에 온 김에 또 건강염려증에 질문 로봇인 나는 궁금증을 쏟아냈다.

나 선생님, 그럼 가슴 가운데 뼈가 아프고, 찌릿찌릿한 통증이 있는 건 왜 그런 건가요?

의사 그건 보통 역류성 식도염 또는 스트레스나 화병 같은 거지, 유방과는 관련이 없습니다.

진지하게 묻는 내 뒤에서 신랑의 '풋'하고 뿜는 비웃음이 들렸다. 내 질문만 듣지 말고, 대답도 들어봐라. 난 역류성 식도염은 없으니, 스트레스나 화병일 텐데. '내 통증에 지분이 꽤 있는 걸 아는지 모르는지, 참 해맑구나.'라는 말을 삼키며 레이저 눈빛을 한 번 더 쏴 주었다.

병원을 나오며 엘리베이터에서 물어봤다.

나 아까 왜 웃었어? 남은 진지한데.

남편 그런 건 의사 선생님께 안 물어봐도 나도 알겠다. 추워서 구부리고 있어서 가슴뼈가 아픈 거야. 스트레칭을 해. 나도 온몸이 아파.

어떤 상황에서도 문제 해결형 정보전달 대화를 하는 너란 사람, 소나무다. 참 한결같다. 공감형 감정교류 대화를 원하는 나란 사람이랑은 언제나 평행선이다. 거기에 신랑은 다음과 같이 덧붙였다.

남편 근데, 이거 책으로 못 써서 어쩌냐. 아쉽게 됐네, 작가님.

나 응, 초기 암 정도는 돼야 다음 브런치북으로 쓸 수 있는 양인데 말이지.

내용은 차치하고, 어쨌든 결론의 방향은 이렇게 또 둘이 대동단결, 부창부수, 일치된 마무리다.

•

병원에 다녀와서 다음 메인화면에 내 글 '늙은 상전에게 고함'이 노출된 것을 보고 신랑에게 자랑했다. 신랑 사진만 들어가면 그런 거라고 조아리니 또 우쭐하시는 늙은 상전님이시다. 내 글의 뮤즈이자, 글쓰기의 원동력인 신랑에게 우리의 대화를 글로 쓰고 있다고 말했다. 거기에 오늘의 일화도 글로 쓸 거라고 예고하며, 나의 신체를 스스로 '방지턱'으로 칭한 게 참 찰떡같은 비유이지 않냐고 말하니, 신랑이 잠자코 듣고 있다가 한마디 덧붙인다.

남편 방지턱은 흔적이라도 있지… 부인은….

나 저 양반이!!

우리 부부는 로또 3등이다. 다 맞지는 않고 일부만 맞는다. 그것도 어쩌다 한 번씩.

그 일부도 세월과 노력이 가져다준 일치이다. 로또가 되기 어려운 것은 모두가 인지하고 있듯이, 그래서 로또 3등만 해도 기쁜 것처럼, 우리도 그렇게 살고 있다. 당연한 거 아닌가. 30년을 각자 다르게 살아온 이들이 한 공간에 함께 산다는 것만 해도 로또 1등과 같은 기적이다.

그렇게 우리는 지금도 기적을 만들어가고 있다.

거듭 강조하지만, 이것이 극사실 결혼생활이다.

결혼했으면 밥값을 해야지?

나는 알고 있었다. 인생에서 가장 후회하는 일인지는 모르겠지만
적어도 내가 후회하는 몇 가지 중 하나가 무엇인지, 알고 있었다.
애써 다 털어버렸다고 생각했지만, 내 안 어딘가에 끈질기게 들러붙어 있고,
떼어내도 끈적이며 남아있는, 날 불편하게 만드는 그것,
내가 그것을 다시 꺼내는 데는 많은 용기가 필요하고
꺼내서 마주하게 되더라도 차마 똑바로 바라보기는 힘들 거라는 걸
너무 잘 알고 있었다.

- 장류진 지음, 《일의 기쁨과 슬픔》, 창비, 2019

일 년에 두 번, '또 하나의 회사'에 간다. 명절이 되면 유교걸을 강권하

는 '시댁'을 대하는 내 마음가짐이다. 물론 이런 편안한(?) 자세를 취하기까지 꽤 많은 시행착오가 있었음을 고백한다. 결혼 초반에는 '딸 같은 며느리'가 되기 위해 자발적 헛수고를 시작했더랬다.

나의 노력이 헛수고임을 알게 된 순간이 있었다. 설에 발가락 깁스하고 제사를 지내는 친척 집에 갔을 때였다. 어머님이 앞치마를 건네며 나지막이, 하지만 단호히 말씀하셨다.

"주방에 가서 '형님, 뭐 도와드릴 거 없나요?' 하고 물어봐라. 일을 안 하더라도 이렇게 하는 거다."

시어머니는 카리스마 넘치는 외모와는 달리 살뜰히 날 챙겨주시는 편이다. 내가 둘째 낳고 산후조리를 하고 있을 때였다. 내 밥은 내가 편할 때 알아서 먹으라는 자유방임주의인 친정엄마와 달리, 매 끼니 내 밥을 챙겨주셨던 다정한 시어머님이시다.

하지만, '며느리의 역할'에 있어서는 분명한 소신이 있으셨다. 비록 내 몸이 아프고, 내가 신랑과 같은 직장에서 똑같이 일하고 오더라도 난 '며느리'였다. 그래서 주방일을 해야 하는 척이라도 해야 하는 사람이었던 거다, 안방에서 TV와 물아일체가 되었던 신랑과 달리. 우리 식구만 있을 때는 괜찮지만, 친척 등 타인이 있는 자리에서는 앞치마를 두르고 주방일을 거드는 며느리의 모습을 보여줘야 했다.

명절 하면 또 하나 떠오르는 기억이 있다. 지금은 아들 둘을 낳아 (신랑 표현을 빌리자면) 떳떳한(?) 며느리지만, 그렇지 못한 취급을 받던 시절의 일들이다.

"결혼했으면 밥값을 해야지?"

명절 제사를 모시는 형님이 나에게 한 이야기였다. 대략 5초 정도 얼어붙었다. 어안이 벙벙한 나에게 친절하게 부연 설명까지 해주셨다.

"결혼한 여자는 애를 낳아야 밥값을 하는 거지."

그것은 끝이 아니라 시작이었다. 44 사이즈인 내가 부러우면 부럽다고 하시지, "이렇게 말라서 애가 생기겠냐.", 밥 한 공기 다 먹지만 살 안 찌는 게 신기하다 하시지, "추어탕처럼 좋은 것을 안 먹어서 그런다."는 둥 그 후 쏟아지는 말들은 더욱 이해하기 어려운 이야기들이었다. 하지만 그 자리에서 나는 아무 말도 하지 않았다. 아니, 무슨 말을 해야 할지 알 수가 없었다.

돌아보면 나 스스로 그 말도 안 되는 이야기들에 암묵적 동의를 하고 있었나 보다. 거기에 '며느리는 자고로 할 말은 많으나 하지 않는 게 좋은 위치'인 것까지 추가해서 말이다. 그렇게 나는 타인이 쏜 화살을 받고 이어 두 번째 화살을 나에게 쏘고 있었다. 나를 지켜주기는커녕.

"이게 도대체 누구를 위한 건가요? 내 감정에 충실했어야 했어요. 감정은 억누른다고 사라지는 게 아닙니다."

상담 선생님이 얼마 전 하신 얘기가 떠올랐다. 벌써 첫째 아들이 일곱 살이 되었으니 한참 전의 일인데도, '밥값'이란 단어는 크리스마스 하면 〈나 홀로 집에〉 영화가 떠오르는 것처럼 명절이면 내 머릿속에서 자동 반복된다. 그때의 내 감정은 '불쾌함'이었다. 상황과 맥락은 고려하지 않고 그저 며느리라는 고정된 역할에 충실하기를 강요받았기 때문이다. 또한 본인의 잣대로, 조언이란 이름으로 일방적으로 퍼붓는 일종의 언어폭력이었다. 거기에 스스로 그 폭력의 방조자로 가담했다. 그 해묵은 감정을 아직도 소화하지 못하고 이렇게 명절이 돌아오면 올해도 또 되새김질하고 있다.

명절에 쓸데없는 소리, 수신 거부합니다

"자, 그때의 내가 여기 있어요. '여자가 결혼해서 애 안 낳으면 밥값 못 하는 거지.'라는 얘기를 들었어요. 뭐라고 대답할 건가요?"

상담 선생님이 물었다. 다시 그때로 돌아간다면? 여전히 난 아무 말 못 할 것 같다. 사람은 쉽게 바뀌지 않는다. 하지만 적어도 나 자신을 '타인이 만든 며느리'란 굴레에 가두지 않을 것이다. 그 당시의 대화를 복기하며 다음과 같이 얘기하라고 나 자신에게 모범답안을 제시해본다.

형님 결혼했으면 밥값을 해야지?

나 제 밥값은 제가 알아서 할게요. (형님은 안 다녀보신, 제 회사에서 밥값은 먹고살 만큼 줍니다.)

형님 이렇게 말라서 애가 생기겠어?

나 보시기에 마른 게, 저에게는 평생인데요. (형님처럼 살쪄본 적이 없어서요.)

형님 추어탕처럼 좋은 것을 왜 안 먹니?

나 저, 사 먹는 추어탕은 잘 먹습니다. (형님이 만드신 추어탕은 비린내가 나서요.)

이렇게 처리하지 못한 감정을 다독거린다. 거기에 명절맞이 돌발 상황에 대비하는 자세도 잊지 않는다. 바로 '시댁=직장'이란 생각으로 적당한 거리를 유지하는 것이다.

직장과 시댁은 닮았다. 흔히 '가족 같은 직장'이라고 하지만 직장이 내 가족이 될 수 없음은 누구나 다 알고 있다. 게다가 아무리 존경하고 좋아하는 상사라 할지라도, 그것은 어디까지나 회사에서의 이야기다. 거기에 '상사'란 단어가 주는 부정적인 이미지들이 있어서인지 기대 수준이 그리 높지 못한 탓도 있다. 그렇게 낮은 기대치를 가지고 일로 만난 사이로 보면 감정이 많이 실리는 것을 조금은 방지할 수 있다.

시댁도 직장과 마찬가지로 생각한다. 결혼으로 만난 지 얼마 안 된 낯선 가족이 혈연으로 30년 넘게 맺어진 진짜 가족이 될 수 없음을 인정하는 것부터 시작한다. 시부모님은 내가 속한 부서의 과장님 정도로,

형님은 타 회사 과장님 정도로 치환해본다. 거기에 명절에 시댁 가는 것을 일종의 '2박 3일 빡빡한 출장' 정도로 생각해본다. 고된 노동과 험한 말들이 왔다 갔다 할지언정, 그것을 내 개인적인 영역에서 조금은 멀리 떨어뜨려 본다.

또한 현대사회에는 다양한 형태의 가족이 있기에, 주말드라마 결말에나 나올 법한 훈훈한 가족만을 생각하지 말지어다. '매우 친근한 가족'과 '남보다 못한 가족'의 스펙트럼 사이에 정말 다양한 형태의 가족들이 있음을 인정하자. 가끔 친해지는 가족, 고기 먹을 때 단합 잘되는 가족, 정치적 견해에서는 충돌하는 가족 등 매우 다채로울 수 있다.

그렇게 어느 정도 거리를 두고, 예의를 갖추며, 서로의 다름을 존중하는 자세를 취한다. 거기에 시간이 물들면 천천히 진정한 가족이 될 것이다. 진정한 가족이 되지 않을 수도 있고.

과거를 돌아보지 말고,

미래를 걱정하지 말고,

우리 당장의 위기에 집중하자.

- 드라마 〈멜로가 체질〉, 1화

사실, 진정한 가족이 되든 말든, 결론은 중요하지 않다. 우선 다가오는 명절을 무사히 넘기고 볼지어다. '우린 가족인데 뭐.'하며 가족의 환상에 기대어 방심하지 말고, '올해는 좀 다르겠지' 하는 막연한 희망은 버리고 철저히 대비할지어다. 비대면이라 해도 방심하지 말자. 전화, 영상통화도 철저히 준비하자.

"그 어떤 잔소리도 정중히 거절합니다."

1년에 두 번 가는, 그 회사의 거친 출장을 그렇게 또 준비해본다.

올 한 해,
무사히 버틸 수 있을까요?

명리학을 통해 자신을 아는 것은 스스로에 대한 큰 틀,

즉 프레임을 아는 것이고,

정신의학적으로 자신을 아는 것은

그 프레임 안에 무엇이 담겨 있는지를 아는 것이라고 생각한다.

예를 들어 설명하자면 명리학으로는 내가 찻잔임을 아는 것이라면,

정신의학으로는 그 찻잔에 담기는 것이 커피인지 차인지,

그 차나 커피를 제 온도에 맞춰 내는지,

찻잔을 소중하게 사용하는지 등을 아는 것이라고 할 수 있다.

그런 의미에서 나는 명리학과 정신의학 모두

자신의 잠재능력을 발휘하도록 도와주는 학문이라고 생각한다.

- 양창순 지음, 《명리심리학》, 다산북스, 2020

올해도 어김없이 새해 결심을 한다. 사람들 대부분이 체중 관리를 한 해 목표로 삼지만, 난 마음 관리를 신년 계획에 넣는다. 게다가 '마음 관리 3종 세트'를 완성하고 싶었다. 정신건강의학과 진료, 심리상담을 하기에 하나를 더 추가한다면 뭐가 있을까 고민하다가 몇 달 전 친구가 알려준 연락처가 떠올랐다. 천주교 유아세례를 받은 가톨릭 신자로서 종교적 교리는 잠시 뒤로하고, 친구가 알려준 사주와 신년운세를 봐주는 곳에 예약했다.

절박했다. 병원에서 처방받은 항우울제의 힘을 빌려 일반적인 경험을 쌓고, 내가 상황을 통제할 수 있다고 느끼는 것은 좋았다. 상담 선생님의 심리학적 조언과 치유의 시간도 괜찮았다. 하지만 그것으로는 뭔가 부족했다. 다들 똑같이 힘든데, '왜 유독 나만 힘들게 느껴질까?' 하는 물음에 대한 답은 병원에서도, 상담실에서도 들을 수 없었다. 그런데 여기서 들었다. 바로 나의 사주를 통해서 말이다.

비대면 시대, 전화로 새해 사주를 묻다

"사춘기예요. 신랑과 본인 둘 다. 작년에 이어서 올해까지."

아, 이 한마디에 모든 의문이 해소되는 기분이었다. 그렇다. 난 학창 시절에도 겪지 않았던, 많이 늦은 감이 있는 사춘기를 겪고 있었다. 게다가 사춘기를 겪는 사람이 한 집안에 두 명이나 있었다니.

마치 이런 기분이었다. 흔히 아이들이 걸리는 수두에 어른인 내가 걸린 것이 의아했는데, 알고 보니 난 수두를 앓은 적이 없었고, 언젠가 한 번은 겪을 일을 지금 겪고 있는 듯한 느낌이었다. 겪고 나면 한동안은 또 괜찮을 거라는 안도감도 동시에 들었다.

'사춘기'라는 단어는 나에게 많은 것을 내려놓게 했다. 내가 산 주식처럼 끊임없이 떨어지는 기분, 네 마디가 넘어가는 대화만 시도했다 하면 구강 액션 블록버스터 영화를 꼭 찍고 마는 신랑과의 작태, 실패와 좌절의 경험이 자주 오며 그것들이 유독 크게 느껴지는 지금의 상황 등등. 이 모든 것들의 속도를 한 박자 천천히, 기준점을 한 수준 내리게 되었다. 그렇게 조금은 느슨하게 나를 스스로 풀어주었다.

폭풍 같은 작년을 보냈기에 내가 최종적으로 알고 싶은 것, 올해도 무사히 버틸 수 있는지를 물어봤다.

"버틸 수 있어요. 올해만 지나면. 여기는 웬만해서 못 죽는 팔자예요. 본인은 죽으러 가라고 밀어도 왜 죽냐고 반문하며 다시 돌아올걸요."

질문의 의도가 무색하게 아주 단호하게 말씀해주셨다. 난 마음 관리를 잘하여 평생 잘살 거란다. 돌아보면, 난 힘든 순간에 그것을 타개할 방법으로 시도했던 것들이 삶의 바탕을 이루었다. 취업, 결혼, 출산 그리고 작년에 다음 브런치 작가 활동도 내가 삶을 버티는 방법의 하나였다. 브런치 작가도 3번의 도전 끝에 되는 등 뭐 하나 쉽게 얻은 게 없었지만, 그렇기에 또 값지기도 했다. 모든 게 소중해서 내 삶에서 뭐 하나라도 과감히 버리지를 못한다. 그냥 다 안고 가련다, 지금처럼. 자연스레 맥시멀 라이프가 된다.

그런 의미에서 더 늘리는 건 어떨지도 물어봤다. 내 팔자에 셋째는 있는지. 이 질문은 사주를 봐주시는 선생님께는 죄송하지만, 이분의 신빙성을 측정하는 지표로 사전에 준비했던 질문이기도 했다. 이 질문에 긍정으로 답변하신다면, 사주의 신뢰성이 매우 떨어진다고 봐야 했다. 왜냐하면 이 문제는 심정적으로 가능성이 0에 가까운 일이었고, 물리적으로도 불가능했기 때문이다. 다소 우매한 질문에 단호하게 말씀하셨다.

"안 낳아야지!!"

"제가 남편과 평생 살 거는 아니란 얘기인가요?"

"둘이 평생은 못살아요. 자연스럽게 흩어질 거예요."

아, 이렇게 명확하고 단언적인 사이다 발언에 속이 풀린다. 사주풀이에 신뢰성을 확보하는 지점이었다.

평생 산다고 하면, 우리의 노력이 운명을 이긴 것이기 때문에 희열을 느낀다. 반대로 중간에 헤어진다면, 사람의 의지로 할 수 없는 자연스러운 절차였다고 체념하고 운명을 받아들이면 된다. 사는 동안에 힘들 때는 서로를 위로할 수 있다. 너도나도 하늘이 맺어준 인연이 아니기에 힘들지만, 육아공동체의 임시 운명을 겸허히 받아들이며, 그렇게 서로 고

군분투하는 우리를 서로 응원할 수 있다. 결과가 어느 쪽이든 마음이 편해진다. 서로에 대한 기대치를 줄이며 내려놓게 된다.

나의 이 깔끔한(?) 사주 이야기를 지인에게 들려주자, 지인도 본인 어머님의 명료한 이야기를 들려주었다. 어떻게 30년을 한 남자와 함께 살 수 있었는지, 그리고 이제는 본인이 성인이 되었으니 자식 걱정하지 마시고 헤어져도 괜찮다고 하니 어머님은 이렇게 대답하셨단다.

"이유? 그냥 살다 보니 살아졌다. 그리고 지금은 한 푼도 나눠줄 수 없어서 따로 살 수 없다. 물론, 그냥 맨몸으로 나간다고 하면 언제든 환. 영."

나도 내 아들이 아빠와 함께 산 비결을 물었을 때 다음과 같이 말해줄 날이 올 거라 믿는다.

"그냥 이제까지 온 것은 절대 아니고, 서로 열심히 노력하다 보니 살아졌다. 엄마랑 아빠는 동화 속 공주님, 왕자님이 아니기에 저절로 '영원히 둘이 행복하게 살았습니다'는 없었다. 하루하루가 치열했지. 지금은 엄마 아빠가 함께 있어야 할 이유(육아공동체)가 사라졌기 때문에 이제 따로 사는 거야. 뭐든 '영원히'라는 게 들어가면 의심하고 보아라. 현실에는 없으니. 게다가 우리는 집이 두 채가 있잖니? 서로의 행복을 위해 독립한다고 보면 되지. 그래서 경제적 독립은 굉장히 중요한 거란다. 자, 이제 네가 경제적 독립을 할 차례다 아들아."

이런 말을 미래에 아들에게 할 수 있기 위해서, 나는 지금 노력 중이다. 현재는 어떻게든 버텨야 하는 시간인 거고, 집 두 채를 사려면 돈을 모아야 하는 시기인 거다.

"생년월일시=사주팔자, 운명 결정론인가? 그렇지 않다. 자기가 생일날 타고난 기질과 성격 그리고 가치관이다. 타고난 기질을 살리고 타고난 성격과 소중한 가치관에 맞게 실행에 옮기자. 생년월일시를 가지고 분석할 수 있는 것은 100%로 정해진 '사주팔자=운명'이 아니라, 1/3 정도의 '변화 재료'라고 해야 한다."

- 서우선 지음, 《내 생일의 신비》, 좋은땅, 2019

나에게 사주팔자란 나의 외모에 관한 생각과 비슷하다. 부모님이 나에게 넓은 모공과 낮은 코를 물려주셨고, 이것은 내가 인지하고 있으며 바꿀 수도 없다. 이를 겸허히 받아들이고 낮은 코는 하이라이터로 커버해보며, 넓은 모공을 줄이기 위해 오늘도 모공 수축 팩을 한 장 얼굴에 올려본다. 노력을 멈추지 않는다.

사주팔자도 나에게는 이와 같다. 내가 태어난 생년월일에 따라 결정되는 기질 등은 고정적이라 변하지 않지만, 그것이 무엇인지는 아는 게 좋다. 그래야 그에 걸맞은 나의 노력이 헛되지 않을 테니. 즉 나는 1/3의 변화 재료를 알았으니, 이제 나머지 2/3를 채우는 것은 오롯이 나의 몫이다. 결국 나의 노력만이 나의 운명을 온전히 바꿀 수 있다.

새해여, 오라.

대충은 알았다. 작년에 이어 만만치 않을 것임을.

올해도 치열하게 버텨주겠다. 네가 어떤 모습이든.

2장

이번 생에 애엄마는 처음이라서요

김장과 육아는 닮았다

어떠한 과정도 이유 없는 것이 없다.

모든 생성은 그 원인을 가지며

그러기 때문에 필연이다.

- 레우키포스

"이번 김장엔 내가 필요하지 않아? 아빠 손도 아프신데, 둘이서 괜찮겠어?"

주말에 김장한다는 친정집에 차출 가능한 잉여 인력이 있음을 (반협박하며) 어필했다. 원래 주말 출장 일정 때문에 시부모님이 아이들을 돌봐주러 오시기로 되어있었는데, 출장이 갑자기 취소되었다. 새벽부터

밤까지 일해야 하는 2박 3일 일정이지만, 출장 가고 싶다고 한 번 더 회사에 피력했다. 뜻하지 않은 천직 발견의 순간. (아차, 어머님 아버님 사랑합니다.)

난 김치를 좋아하지 않는다. 그래서 시댁에서 김장 시즌에 "너희 김치 필요하지 않니?"란 말에 자동응답기처럼 바로 "아뇨, 제가 잘 안 먹어서요."라고 말한다. 철벽수비 후 쐐기골로 "작년 김치가 아직도 김치냉장고에 있네요. 하하."를 덧붙이는 것도 잊지 않는다.

그런 내가 자진해서 친정집에 김장하러 갔다. 신랑에게 친정에 김장하러 간다고 먼저 고하고, 시부모님께 며느리가 김장이라는 피치 못할 사정으로 자리를 비우게 된 것에 양해를 구한 후, 하루 만에 오겠다고 약조하고 도망치듯 친정을 향해 떠났다.

설마 내가 하고 있을 줄이야, 김장도 엄마 노릇도

많은 양을 하는 것도 아니고, 매년 엄마랑 아빠 두 분이 하시던 건데 뭐 그리 힘들겠나 하고 얕잡아본 김장이었다. 하루 반나절 김장하며 깨달은 게 있다. 김장과 육아는 결이 비슷한 부분이 많다는 것.

❶ 단편적인 모습을 전체로 치환하지 않는다

내가 김장에 '무식하게' 참여하고, 엄마가 되기를 '막연하게' 소망했던 가장 큰 이유는 '쉽게 볼 수 있는 일=누구나 할 수 있는 일'로 착각했기 때문이다. 특히나 미디어의 영향이 컸다. '김장' 하면 빨간 고무장갑을 끼고 절인 배추에 잘 버무려진 양념을 쓱쓱 바르는 것을 떠올렸다. '육아' 하면 여차저차 힘들긴 해도 '오늘도 이렇게 아이와 함께해서 행복한 하루'라는 훈훈한 마무리로 끝나곤 했다. 그래서 겁 없이 도전했다. '남들도 다 하는데 뭐 나라고 못 하겠어.' 하는 자신감에 충만해서 말이다.

김장에서 양념을 버무리는 것은 '배추 절이기와 뒤집기-재료 씻기-재료 손질-양념 만들기-김칫소 만들기'를 거친 다음에 오는 단계라는 것을 간과했다. 실제로 해보니, 양념을 버무리는 게 제일 좋았다. 신랑의 면상을 배춧잎으로 생각하며, 손목 스냅을 이용해 양념을 한 덩이 내리치고는 가차 없이 치덕치덕 발라주면 끝.(아차! 신랑, 사랑해.)

육아도 마찬가지였다. 만삭일 때 왜 어른들이 '그래도 그때가 좋을 때다.'를 얘기하셨는지 아이를 돌보는 매 순간 느낀다. 그 말은 계속 유효하다. 누워있을 때가, 걸음마 시작할 때가, 말 못 할 때가, 그래도 말이라도 할 때가 좋았다는 것을. 물론 아이들이 있어서 그 어디서도 누릴 수 없는 행복을 맛보는 순간들이 있다. 아이들이 밤에 잘 때, 잠깐 차에서 푹 잘 때, 낮잠 잘 때.(아차! 두 아들, 사랑한다.) 그 순간들은 마치 회사에서 한 달 내내 일하면 한 번 주는 월급날 같다. 그 끊을 수 없는 마약 같은 중독성에 매료되어 육아는 계속된다. 그러나 달콤함을 맛보기 위해 거치는 많은 과정을 기억해야 한다.

❷ 어디까지 내가 할 것인지 정하는 게 노동의 강도를 결정한다

김장의 시작은 각 가정마다 다르다. 직장 동료는 밭에서 갖은 재료를 수확하는 것부터이고, 나의 경우는 배추를 사서 소금에 절이는 것부터가 시작이다. 요즘엔 절인 배추를 사는 것부터가 김장의 시작인 경우가 많다. 김장이란 단어는 동일하지만, 시작점에서부터 이미 같은 김장이 아니다. 그리고 계속되는 선택, 즉 부재료를 손질된 것을 사느냐 마느냐, 김칫소 자체를 사느냐 등에 따라 김장의 수고로움이 달라진다. 각기 다른 출발선에서 김치 담그기라는 종착지를 향해 달려간다.

육아의 출발점도 다양하다. 예를 들어, 모유 수유냐, 혼합이냐, 분유 수유냐에 따라 엄마의 수면의 양과 질, 먹는 음식의 종류, 노동의 종류가 달라진다. 모유 수유는 많은 도구가 필요 없다는 장점이 있지만, 엄마의 음식 조절 등 그 외의 많은 수고로움을 필요로 한다. 이것은 김장으로 치면 밭에서 재료를 수확하는 것에 비유할 수 있다. 제일 좋다지만, 가장 힘들다. 반면 분유 수유는 꼭 엄마가 아니라도 누구나 대체 가능하다는 점에서 자유롭지만, 적합한 젖병과 분유 등을 선택해야 하고, 젖병을 씻고 소독하는 등 손이 많이 가는 노동이 추가된다.

김장도 육아도 '내가 반드시 모든 것을 다 해야 한다.'라는 생각에서 벗어나는 게 좋다. 김장을 절임 배추와 김치 양념을 사서 버무리기만 해서 끝낼 수 있듯이, 육아도 다양하고 신박한 육아 물품을 모두 장착하여 육아의 강도를 낮출 수 있다. 다양한 선택지가 있음을 나도, 주변에도 끊임없이 인지하는 게 중요하다고 본다. 그래서 말인데요. 아빠, 내년엔 절임 배추를 삽시다. 김치 양념도 파는 것 아시나요?

❸ 혼자는 힘들다. 사람이 많을수록 낫다, 그게 누구든

김장할 때는 나 같은 김장 무식자라도 있으면 낫다. 찹쌀죽을 끓이는데 눌어붙지 않도록 20분을 불 앞에서 쉬지 않고 젓는 일, 무 한 무더기를 한 시간 내내 채칼로 가는 일, 생강 껍질 까기 등 김장은 큰 기술이 필요하지 않은 단순 반복 작업이 많다. 사람이 많을수록 개인에게 할당되는 노동의 시간이 줄어든다. 거기다가 끊임없는 수다와 약간의 노동요가 곁들여지면 시간이 금방 간다.

육아도 그렇다. 아기가 100일 전에는 정말 손이 많이 가는데, 이때는 시부모님이 갑자기 오신데도 반갑다.(물론 언제나 반갑습니다. 사랑합니다, 어머님 아버님. 하하) 아이가 울 때 잠시 안아주는 것, 우유병을 씻고 소독해주는 것, 기저귀를 갈아주는 것 등 누구나 할 수 있지만 온종일 한 사람이 다 하기에는 버거운 일들이 많다. 말 못 하는 아이와 온종일 있다 보면 누구든 사람 자체가 참 반갑다. 비단 나의 노동을 함께하지 않아도, 그저 말이 통하는 사람과 대화한다는 것 자체가 좋다.

❹ 스스로 쉬어가는 시간을 꼭 끼워 넣어야 한다

친정의 김장 총책임자는 우리 아빠다. 엄마와 나는 거들 뿐 아빠의 진두지휘에 따라 착착 움직인다. 그런데 김장하다가 아빠가 갑자기 자리를 뜨시더니 혼자 마작을 하러 가신다. 김장 문외한인 나는 빨리빨리 하자며, 1시간 내내 꼼짝 안 하고 무채를 만들고는 아빠를 채근한다. 그러자 한마디하신다.

"어차피 배추에 간이 다 밸 때까지 기다려야 해. 그리고 너무 열심히 하면 힘들어."

사실 아빠는 밤새 배추를 소금에 절이고 뒤집으며 소진된 체력을 중간중간 충전하는 것이었다. 모든 일에는 다 때가 있으니 재촉해봤자 소용없다고 하신다. 요령이 없던 나는 쉬지 않고 필요 이상으로 집중하여 일한 탓에 그 피로가 오래갔다. 김장하는 중간에 쉼과 스트레칭이 중요하다. 그 휴식은 스스로 챙겨야 한다. 누가 말하지 않아도 나 자신을 위해서.

육아도 쉬어가는 틈을 일부러 만들어야 한다. 육아는 퇴근이 없다. 아이가 잘 때조차 아이를 사랑하는 나 자신의 역할에 매몰되어 정작 쉬어가는 틈을 잊기 쉽다. 잊지 말자, 그렇게 해서 얻는 것은 관절염뿐이다. 너무 열심히만 하다 보면 지친다. 긴 호흡을 가지고 해야 하는 일에는 일단 힘을 뺀다.

엄마는 11월 마지막 주가 김장하기 좋은 때라고 달력에 적어둔다. 나에게 보여주기 위한 걸까? 마치 내가 '아이의 7살은 다시 돌아오지 않는다.'란 문구를 신랑에게 강조하기 위해 신랑 주요 출몰구역에 비치하는 것처럼.

사실 이번 김장에 갑자기 참여한 것은 '만약 올해가 아빠 엄마와 할 수 있는 마지막 김장이라면'이란 생각이 문득 들어서였다. 매년 김장을 미루고 아기 새처럼 김치만 받아먹던 나에게 삶의 유한함을 일깨우는 '마지막'이란 단어는 '지금, 여기'에 충실하게 해주었다. '언젠가 한 번 해야 할 일'을 '지금 해야 할 일'로 바꿔준 것이다. 나에게 지금 가장 중요한 것이 무엇인지 명확하게 알게 해주었다.

육아도 그렇다. 한번 지나가면 다시 오지 않는 순간들이 있다. 알아들을 수 없지만 웃게 되는 옹알이, 힘겹게 떼는 첫걸음마 등은 그 순간에는 모르지만 지나고 보면 아련한 추억이 된다. 절망적인 순간도 마찬가지다. 한때 5시 반이면 어김없이 깨서 아침형 인간을 몸소 실천하던 첫째의 4세 시기가 있었다. 집에서 놀다가 지쳐서 아예 7시에 어린이집 놀이터에 등원 후 모래놀이를 함께 했었다. 그 생활이 계속될 것만 같아 당시에는 괴로웠는데, 지금은 그 아들이 7세가 되어 7시 반까지 푹 잔다.

좋은 일이든 나쁜 일이든, 언제나 '이 또한 지나가리라'라고 생각하면 마음이 가벼워진다. 시험 전날 벼락치기 공부에 200% 집중력이 발휘되

듯, 곧 끝날 것임을 아는 것만으로도 여기에 집중하는 힘이 생긴다.

김장도 육아도 모든 과정에는 다 이유가 있다. 그 과정의 수고로움을 선부르게 단정 짓지 않는다. 내가 선택할 수 있는 것과 없는 것을 현명하게 구분해보고 싶다. 필요하면 타인의 도움도 받고, 나를 위한 쉼표도 적절하게 넣어가면서 말이다.

덧.

아빠! 내년엔 김장하러 못 갈 거 같아요.

음… 출장이 딱 그날 있을 것 같네요!

우리 그냥 사 먹읍시다.

나의 노동력을 아끼겠어요. 김장하는 것만이라도.

눈이 오면,
나는 한 마리 개가 된다

"그리운 시절로 갈 수 있는 유일한 방법은 현재에서 행복함을 느끼는 거야."

"행복이 만병통치약이거든. 행복한 순간만이 유일하게 그리움을 이겨."

- 천선란 지음, 《천 개의 파랑》, 허블, 2020

썰매개. 썰매를 끌어야 하는 개는 노동을 운명으로 받아들인다. 종료 시각은 알 수 없다. 무제한이다. 눈이 오면 나는 한 마리 개가 된다. 첫째 아들이 3살 때부터 시작하여 지금 7살이니, 벌써 썰매 끌기 4년 차다. 게다가 작년부터는 둘째 아들까지 합세하여 2명을 한 번에 끌어야 하는 모진 숙명을 지녔다.

나는 언제나 조용히, 하지만 간절히 바란다. 눈이 내리긴 하되, 쌓이진 말아달라고. 특히 내가 사는 아파트는 마치 썰매 타기를 위해 건설된 양 급격한 오르막길을 다수 보유하고 있다. 게다가 경비아저씨들이 어찌나 부지런하신지 눈이 쌓이면 바로 제설제를 뿌리셔서, 길 일부는 이미 눈이 사라졌다. 창밖에서 내려다본 풍경은 눈이 쌓여있어서 호기롭게 눈썰매를 끌고 나왔는데, 눈이 녹아 맨바닥에서 힘으로 썰매를 끌어야 하는 상황이다. 난감하다.

하지만, 그렇다고 썰매 타기를 포기하고 집으로 들어가면 더 큰 참사가 생긴다. 아들이 울고불고 난리를 치기에, 엄마는 극한직업임을 되새기며 심호흡 크게 하고 썰매를 끌어본다. 생활밀착형 근육이 생기는 현장이다. 속으로 되뇐다.

'지금부터 나는 썰매개다. 눈이 얼마 없는 이 길을 열심히 달려야 한다. 멍멍.'

썰매개로 변하는 자기암시를 시작으로, 썰매 줄을 두 손으로 야무지게 쥐어본다. 한 마리의 썰매개가 된 양 신나게 달려본다. 찬바람이 무색하게 이마에 땀이 송골송골 맺힐 때까지 거칠게 달린다. 아들이 "너무 빨라서 무서워! 그만 탈래."란 말이 나오길 바라면서. 그렇게 빠른 퇴근을 위해 쉼 없이 달려본다.

반가운 소식도 있다. 올해는 신랑에, 시아버지까지 썰매개에 합류했다. 1인당 썰매 끌기 할당량이 줄어든 게 다행이다. 초임자인 아버님은 손주들이 마냥 귀여운 듯 연신 웃으시고, 요령 없는 신랑은 뻘뻘 흘린 땀을 보여주며 고된 노동의 현장을 호소한다.

그렇다면 고객님인 두 아들은 어떠한가? 언제나 즐겁다. 동시에 아쉬워한다, 썰매 타기가 끝났음을. 내일 다시 타자는 약속을 기어코 해야만 썰매개들은 집으로 퇴근한다. 내일은 눈이 싹 녹아있기를 바라면서.

사실, 썰매개로 활동하는 게 너무 힘들다고 말하긴 하지만 은연중에 즐기는 것도 있다. 고통을 즐기는 성향은 아닌 것 같고, 한 번쯤 개가 되는 게 좋은 것도 아닌데 말이다. 곰곰이 생각해보면 눈썰매를 끄는 시간만큼은 내가 아들 나이로 돌아가는 것 같다.

아이를 키울 때, 눈이 온다는 것은

우리 부모님은 맞벌이 주말 부부로, 매우 바쁘셨다. 그 시대의 보기 드문 워킹맘이었던 엄마는 주중에 너무 힘들어서였는지, 주말이면 장식장에 고이 전시된 장식품처럼 미동도 하지 않으셨다. 외국에서 일하셨던 아빠는 얼굴조차 자주 보기가 힘들었다. 특히나 눈이 오는 날 아빠가 집에 오실 확률은 로또가 당첨되는 것만큼이나 희박했다. 눈이 오면 동생과 눈사람을 만들거나 눈싸움을 한 기억은 있지만, 누군가가 나를 끌어줘야 하는 썰매를 탄 기억은 없다.

눈썰매는 어린 시절에 해보고 싶었지만 하지 못한 일로 내 마음속에 남아있었나 보다. 이 가정이 정확한 사실임을 느끼는 순간이 있다. 바로 아들을 앞에 함께 태우고 눈썰매에 몸을 싣고 신나게 내려갈 때이다. 그때는 오르막길을 다시 올라가야 하는 썰매개의 숙명은 잠시 잊고, 7살 어린이로 돌아간다. 진심으로 기쁘고, 순수하게 즐겁다. 그렇게 내 아이와 내 안의 아이를 함께 키워간다.

매년 늘어가는 고객들의 무게를 느낄 때마다 이렇게 썰매개로 활동할 날도 얼마 남지 않음을 실감한다. 조금 더 크면 썰매개 없이도 혼자서 썰매를 탈 수 있을 것이다. 그런 생각을 하면 이 순간들이 소중해진다. 내 무릎에서 삐거덕 소리가 나지만, 이 순간이 나와 아이들에게 또다시 돌아오지 않을 것을 생각하며 한 번 더 썰매개로 힘차게 달려본다.

"시간이 아까워. 이 좋은 감정만 느끼기에도 시간이 부족한데, 왜 다른 생각을 해?"

이 말을 입버릇처럼 하는 친구가 있다. 요새 인기 있는 눈으로 오리를 만드는 장비를 주문하고 택배가 도착했을 때, 그 친구는 우리 아들처럼 눈을 기다린다고 했다. 물론, 나는 그때도 '썰매개의 노동'을 생각하며, 눈이 안 오길 간절히 바랐지만 말이다.

눈이 잔뜩 내린 날, 친구는 한 장의 사진을 보내왔다. 눈오리 한 무더기가 담겨 있는 사진이었다. 퇴근 후 집에 가서 딸과 함께 만들기 전에,

점심시간에 미리 연습 삼아 만든 것이라는 설명까지 덧붙였다. 그 시작은 아이를 위함이었지만, 눈을 뭉쳐서 오리를 만드는 그 순간만큼은 그 친구도 4살 꼬마 아이로 돌아가지 않았을까. 아이처럼 천진난만하게 씨익 웃는 그 모습이 선연하게 그려졌다.

부모가 되어 아이를 돌보는 일은 거부할 수 없는 의무이다. 그 고된 의무가 반가울 때도 있다. 바로 선홍빛 잇몸이 드러나게 웃는 아이를 볼 때 그렇다. 또 다른 하나는 아이를 키우며 내 안의 아이도 함께 자라는 순간 역시 가슴이 벅차다. 썰매개가 되는 것, 아이와 함께 썰매를 타는 것은 이 두 가지를 동시에 느낀다. 아이와 함께 웃으며, 나는 어린 시절로 다시 돌아가 빈 곳을 채워 넣는다. 그렇게 아이와 같이, 나도 자란다. 친구의 말처럼 이 좋은 감정을 오롯이 느껴본다. 다른 것은 잠시 제쳐두고.

수북이 쌓인 눈이, 오랫동안 녹지 않기를 바란다.

이 눈이 녹기 전에,

아들의 7살이 지나가기 전에,

나의 어린 시절의 공백에 이 소중한 감정을 채우고 싶다.

그래서 오늘도 난 기꺼이 썰매개가 되어 외쳐본다.

"아들, 한 번 더?"

정신 나간 엄마로 보여도 괜찮습니다

어린 나는 내 마음 그 자체입니다.

당장은 그 뜻을 받아주기 어렵더라도

어린 내가 "싫어!"라고 말한다면

"그런 말 하지 마.", "안 돼!"라고 무시하지 말고

"그래, 싫지" 하고 일단은 받아주세요.

- 다케다 유키 지음, 전경아 옮김, 《너무 신경썼더니 지친다》, 미래지향, 2020

"첫째는 여름 신발, 둘째는 겨울 신발 신고 산책했구나."

제법 훈훈한 바람이 불던 봄날, 두 아들과 산책한 사진을 시댁 단톡방에 올렸더니 어머님이 하신 말씀이다. 그 순간 내 마음엔 시베리아 겨울

바람이 들이닥친다. 이내 툭툭 털긴 했지만.

7세, 5세의 두 아들을 데리고 산책한다는 것은 큰 결심이 필요하다. 그 어떤 상황에서도 화내지 않을 마음가짐을 장착해야 한다. 집 앞에 잠깐 나가는 산책이라고 만만하게 보면 안 된다. 그날도 현관에서부터 가볍게 몸을 풀어주는 두 아들이었다.

봄날, 큰아들은 구멍이 숭숭 뚫린 샌들을 신겠다고 하고, 작은아들은 포근한 털신을 신겠다고 우겨댄다. 내장 깊숙이 공기를 집어넣는 심호흡을 하고 이렇게 답한다.

샌들을 신은 큰아들에게는 “좋아, 네가 샌들이 신고 싶으면 신어. 대신, 추울 수 있어. 양말 위에 샌들 신자. 그 정도는 할 수 있지?”라고 말한다. 털신을 신은 작은아들에게는 “그래. 털신이 아직도 좋지? 대신 지금은 봄이라 더울 수는 있어. 그땐 양말을 벗자. 우선은 신고 나가보자.”라고 조언한다.

그렇게 두 아들은 신나게 온 동네를 누빈다. 한 명은 추웠을 것이고, 또 한 명은 더웠을 것이다. 그렇게 자신의 선택을 직접 감내하며 대가를 톡톡히 치른 아이들이다. 다음날 외출할 때는 두 아들 모두 스스로 운동화를 신는다.

다시 단톡방 메시지로 돌아가면, 나는 직접 답하지 않고 대신 어머님의 아들에게 말한다.

“내가 아이를 훈육할 때 기준은 두 가지야. 첫째, 위험한 일인가. 둘째, 남에게 피해가 되는가. 아이들이 봄에 샌들과 털신을 각각 신는 건 여기에 해당하지 않지. 아이들이 선택하고 자기 선택을 받아들이는 연습은 굉장히 중요한 거고. 다만 샌들과 부츠를 신은 형제를 데리고 나갔을 때 '저 엄마는 제정신이야? 도대체 무슨 생각으로 애들 신발을 저렇게 신기는 거야.' 하는 주변의 시선은 있을 수 있지. 즉, 엄마가 욕먹는 거 빼고 아무런 문제가 없어. 앞으로도 난 두 가지 기준을 가지고 판단할 거고. 가능하면 아이들의 선택을 존중하고 직접 스스로 느끼게 해주고 싶어. 알겠어?"

육아에 정답은 없다

이런 일도 있었다.

"엄마! 이거 없애줘!!"

아침을 알리는 아이의 목소리를 따라가 보니 화장실이다. 간밤에 화장실 변기에 넣어둔 파란색 청소액이 화근이었다. 처음 보는 파란색 물에 기겁하며 다시 원래대로 돌려놓으라고 아우성친다. 좀 그러다 말겠지 하고 안일하게 대처한 게 문제였을까. 출근 시간은 다 되어가는데 화장실을 못 가고 징징대기만 한다. 화가 난 애아빠는 플라스틱 자를 들고 애꿎은 바닥만 내리치고, 아이는 소변을 못 누고 낑낑댄다. 조금 더 있으면 지각이다.

"하얀색으로 못 돌려! 그냥 싸!"

다급한 마음에 언성이 높아진다. 그럴수록 아이는 애벌레처럼 바닥에 딱 붙어서 울음보는 터졌고 오줌보는 터지기 일보 직전이다. 애아빠가 더 무서운 표정으로 강제로 화장실에 데려가려는 것을 말리고, 난 심호흡을 한다. 그러고 나서 끓어오르는 분노를 억누르며 침착하게 말해 본다.

"자, 우리 아들이 자고 일어났는데 변기의 물이 갑자기 파란색으로 바뀌어서 당황했겠다. 많이 놀랐구나. 그런데 파란 물을 없앨 수는 없어. 근데 지금 네가 소변을 못 눠서 괴롭잖아. 그래서 엄마가 세 가지 보기를 줄게. 이 중에 골라봐. 1번, 화장실 바닥에 싼다. 2번, 눈을 꼭 감고 변기에 오줌을 눈다. 3번, 저 바가지에 소변을 눈 다음 변기에 버린다. 어떤 게 좋을 것 같아?"

"다 싫어. 원래대로 돌려놔. 파란 물 싫어."

그렇다, 언제나 육아서처럼 술술 풀리지 않는다. 입술을 꽉 깨물고 애써 웃으며 다시 처음부터 얘기한다.

"파란 물을 처음 보면 너처럼 놀랄 수도 있을 거 같아. 싫을 수도 있지. 처음 보면 그럴 수도 있겠네. 그런데 (중략) 자, 다시 1번, 2번, 3번 중에 하나만 골라보자."

"난 파란 물은 싫으니까 바가지에 오줌 쌀래."

"그래그래, 엄마가 도와줄게. 그리고 다음엔 이렇게 네가 놀라지 않도록 미리 말해줄게. 엄마 회사 늦지 않게 도와줘서 고마워."

이렇게 억지스러운 훈훈한 마무리로 아침 상황은 끝난다. 이때도 가장 중요한 것은 아이의 처지에서 생각하는 것이다. 어른의 입장에서 보면, 화장실 물이 파란색이든 하얀색이든 그게 뭐가 대수냐고 생각할 수 있다. 하지만 7살 아이에게는, 난생처음으로 화장실 물 색깔이 달라지는 경험을 했으니 생경하고 당황스러우며 두려울 수 있다. 아이가 그렇게 느끼는데, 그게 뭐가 무섭냐고 괜찮다고 얘기하는 것은 일종의 폭력이라고 생각한다. 이때도 나의 두 가지 기준, 즉 위험한 일인가, 타인에게 피해를 주는가에 비춰보고, 그게 아니라면 아이와 같은 입장에서 바라보고 생각하려 한다. 물론, 그게 언제나 바로 통하지도 않고 정답인지도 모르겠지만, 적어도 아이의 선택과 주장이 존중받는 경험은 쌓게 해줄 수 있다고 믿는다.

"그렇게 다 받아주기 시작하면 안 될 텐데. 그냥 안 된다고 해야지. 무섭게도 해야 해."

나의 육아에 우려스러운 눈길을 보내는 분들은 비단 시부모님뿐만 아니다. 각자의 기준이 있기에 그 기준을 가지고 다들 조언을 한마디씩 한다. 그럴 때 나의 얇은 주관은 세차게 펄럭이며 흔들릴 때도 있다. 하지만 이내 내 중심을 찾는다. 왜냐하면, 이런 반응도 있기 때문이다.

"와, 그 상황을 그렇게 해결하다니! 순간 오은영 박사님 같았어요. 훌륭해요, 훌륭해!"

역시, 육아에는 정답이 없다. 상황과 아이만 있을 뿐이다. 적어도 주변인들보다는 내가 그 상황과 아이를 더 잘 알고 있다는 것은 확실하다.

주변에서 뭐라 하든 흔들리지 않는 나만의 기준을 가지되,

그 소신이 틀릴 수도 있다는 겸손한 자세를 유지하고,

내 옆에 선물처럼 와준 아이들의 존재만으로도 감사하며,

아이 고유의 빛을 잃지 않도록 최소한의 가이드만 해주려 한다.

"근데 지금은 조금 달라. 앞으로 올 시간에 대한 기대가 지난 시간에 대한 후회를 앞질렀달까. 그때 우린 그때의 시간 안에서 최선을 다한 거야. 지난 시간은 그냥 두자. 자연스럽게."

드라마 〈멜로가 체질〉에서 나왔던 대사이다. 사랑에만 국한되는 이야기가 아니다. 육아에서도 그렇다. 지난 시간은 그 시간 안에서 최선을 다했고, 앞으로 올 시간에 기대해본다. 육아에 정답은 없으므로.

거기에, 어쩌면 최대한 아이들의 감정을 공감해주고 선택을 존중하는 것은 내가 어린 시절 받고 싶었던 것들이며, 지금 아이들이 원하는 바가 아닐까 생각한다. 이렇게 아이를 키우며, 나도 아이도 자란다.

자세히 봐야 살 빠졌다. 내 아들이 그렇다

심리적인 문제의 원인을 과거에서만 찾을 경우에
사람들은 은근히 자신을 무고한 피해자로 포장합니다. (중략)
저는 심리적인 문제를 과거에서 기인한 문제가 아닌
'바꿔 나가야 할 습관'으로 바라보라고 이야기합니다.
습관은 어떤 행동을 되풀이하는 동안 형성된 자동화된 패턴입니다.

- 라라 E. 필딩 지음, 이지민 옮김, 《홀로서기 심리학》, 메이븐, 2020

엄마 애, 살 빠졌어.

나 으응? 어디가?

엄마 눈 밑에 잘 봐봐. 살짝 들어갔어. 원래는 통통했는데 말이지.

우리집 둘째를 두고 친정엄마가 하신 말이다. 둘째 아이는 영유아 발달검사에서 몸무게 상위 5%에 빛나며, 생후 5년 차이지만 뱃속에서부터 발차기로 단련한 근육량이 상당했고, 2살 터울 형보다 더 무거웠다. '할머니가 살쪘다고 하면 진짜 심각한 비만'이란 우스갯소리가 생각나는 순간이었다.

그렇다고 친정엄마가 원래 아이들에게 관심이 많고 다정한 심성의 소유자냐고 묻는다면, '아니오.'이다. 친정엄마를 한마디로 표현하면 '본인의 삶을 최우선시하는, 시대를 앞서가는 미래지향적인' 분이다. 내가 우리 엄마에 대해 얘기하면 가장 많이 듣는 말이 "친정엄마 맞아?"이다. 그럴 때마다 나는 당황하지 않고 몇 가지 일화를 들려준다. 그러면서 그들에게 '엄마'라는 정의에 외연을 확장해준 것에 뿌듯해한다. 그렇다, 세상에는 다양한 엄마가 있으며, 우리 엄마는 무엇을 상상하든 그 이상을 보여주신다.

그런 엄마가, 내 아들의 할머니가 되더니 조금 달라지셨다. 나만 느끼는 게 아니었다. 10년 만에 친정엄마를 본 내 친구가 "많이 유해지셨다."라고 말했다. 할머니가 되어 손주들의 재롱에 한없이 인자한 미소를 짓는 친정엄마의 모습에 깜짝 놀랐다. 친구는, 엄마가 나를 보고 그런 미소를 짓는 것을 본 적이 없다고 회상했다.

할머니가 바라보는 손주, 엄마가 바라보는 자식은 다르다

할머니와 엄마는 다르다, 같은 사람이라 할지라도. 아마도 세월의 흐름과 책임의 무게가 다르기 때문일 것이다. '엄마'는 누군가를 돌보는 일이 처음이기에 미숙하고, 아이에게 올바른 방향을 제시해줘야 한다는 책임감은 가득하지만 육아 외에도 해야 할 일이 많아서 지치기 쉽다. 반면 '할머니'는 자식을 키워본 유경험자이면서도 내 자식은 아니기에 한 걸음 떨어져 있으며, 현업에서 물러섰기에 여유가 있다.

사실, 난 아이를 낳고 친정엄마와 사이가 더 멀어졌음을 고백한다. 같은 상황, 다른 행동이라 더 그랬던 듯싶다. 워킹맘인 것도, 같은 직업인 것도, 함께 거주하며 외할머니가 아이들을 돌봐준다는 점도 동일하다. 그런데도 차이점은 있다. 친정엄마는 주말이면 점심에 일어나셨지만, 난 주말에도 새벽 6시 반이면 일어나는 우리 두 아들과 하루를 시작한다. 평일에는 본인의 일에만 집중하며 '하숙생' 같은 친정엄마였던 반면, 난 직장에서 퇴근하면 집이라는 일터에 다시 출근하여 육아를 해야 한다. 친정엄마가 그게 가능했던 것은 외할머니의 전폭적인 배려 덕분이었다. 외할머니는 딸인 친정엄마가 피곤할까 봐, 일 외에는 아무것도 신경 쓰지 않도록 배려해주셨다.

나도 은연중에 그런 외할머니를 기대했나 보다. 하지만 우리 엄마가 누구신가. 본인의 삶이 최우선인 엄마가 아니신가. 같은 집에 살고 있지만, 내가 오면 한 치의 망설임 없이 방으로 퇴근하시고 다음 날 점심쯤 일어나시는 일관성 있는 분이시다. 처음에는 그런 엄마에게 섭섭했다. 물론, 엄마는 우리 아이들을 돌봐주시느라 아빠와 떨어져서 지내시며, 본인의 여유시간이 줄어드는 희생을 감수하셨다. 그럼에도 불구하고 내가 생각하는 '외할머니'는 내가 봤던 '우리 외할머니'를 떠올려서일까. 항상 엄마의 행보에 아쉬움이 남았다.

이제는 친정엄마를 바라보는 마음이 한결 여유로워졌다. 예를 들면 이런 것이다. 비록 아침에는 취침 중이신 엄마의 도움을 기대할 수 없지만, 저녁에 아이들 하원을 도와주시기에 퇴근 시간에 쫓기지 않을 수 있음에 감사한다. 내가 외할머니에게 사랑을 받았듯이, 무한한 사랑을 주실 수 있는 외할머니가 우리 아이들에게 있음을 감사한다.(물론, 체력이 방전되면 이전의 날카로운 모습으로 회귀하긴 하시지만. 하하). 지금은 친정엄마의 모습 그대로를 인정하려 한다. 사실, 그 모습이 더 좋다. 자식에게 무조건 희생하지 않고, 본인의 삶의 기준에 따라 우리에게 도움을 주되 본인을 더 중요시하는 모습. 내가 나중에 할머니가 된다면 닮고 싶은 모습이다.

친정엄마는 여전히 칭찬보다는 지적을 더 잘하시고, 나의 아픔보다는 지구가 병들어감을 더 안타까워하시는 거시적 인물이시다.(친정 아빠는 이런 엄마를 국회로 보내야겠다고 농담처럼 말씀하신다.) 줄곧 한결같은 캐

릭터를 유지하시는 친정엄마가 아이를 바라보는 태도만큼은 바뀌셨다. 생계를 책임져야 하는 가장으로서 무게에 짓눌려 내 어린 시절에 발견하지 못했던 것들, 나에게 해주지 못했던 것을 내 두 아들에게 해주고 계신다. 그 사실이 또 뭉클하다.

그런데도 여전히 나는 친정엄마에게 섭섭할 때가 있다. 같은 직업, 유사한 상황임에도 엄마는 나와 같지 않다. 하지만 그것은 어디까지나 나의 시각이다. 친정엄마의 시각에서 보면 또 다르다. 엄마는 당신의 삶에 충실하되, 할머니로서 해야 할 도리를 하며, 불혹에 가까워가는 딸을 키워주고 있다. 그렇게 엄마만의 방식으로 나와 손주들을 사랑해주고 계신다. 감사하다. 그 감사함을 자주 상기하려 노력하고 있다. 당연한 것이 되면 안 되므로.

거기에 한 가지 더 다짐한 것이 있다. 나는 친정엄마를 닮아 칭찬에 인색하고 무뚝뚝한 딸이지만 그 좋은 감정을 표현하고 조금은 살갑게 다가가려 한다. 왜냐면, 우리 두 아들이 나에게 사랑을 표현해줄 때 행복감을 엄마에게도 선사해드리고 싶어서이다. 최근 들어 유튜브로 요리를 공부하시는, 감자볶음을 저녁 반찬으로 해주신 요리 초보자 엄마에게 이렇게 말해본다.

"엄마는 채를 참 가늘게 잘 썰어. 이건 요리 고수 외할머니도 못 했던 건데. 엄마는 참 잘해. 이장금이셔."

그렇게 얼렁뚱땅 칭찬을 해드린다. 손발이 오그라드는 어색함을 참아가며 엄마에게 조금 더 다가가 본다.

엄마와 딸은 복잡 미묘한 관계이다. 결혼하고 아이를 낳고 나면 더더욱. 엄마와의 관계를 재정립 중이다. 할머니와 손주, 엄마와 아이 사이의 그 어딘가 적절한 지점의 균형점을 찾아가는 중이다.

덧.

근데, 엄마.

엄마 외에는 우리 둘째가 살 빠진 것을 아무도 몰라.

자세히 보았는데도, 어디가 빠진 건지 모르겠어.

할머니 사랑의 콩깍지가 씌어야만 보이는 것 같아.

그 사랑의 콩깍지, 앞으로도 계속 쓰고 계시길 바랍니다.

애엄마가 그런 머리 해도 돼요?

성글게 짠 대나무 소쿠리 위에 곡식들을 올리면
큰 알맹이들만 남고 나머지는 모두 빠져나간다.
삶에도 소쿠리가 있었으면 좋겠다고 생각했다.
가장 중요한 것들만 남고 나머지는 사라져 버리면 어떨까?
그럼 쓸데없는 걱정도, 밤잠 설치게 만드는 불안도
모두 빠져나가 버리지 않을까.

- 이희영 지음, 《나나》, 창비, 2021

"애엄마가 그런 머리 해도 돼요?"

여기서 '애엄마'는 나고, '그런 머리'는 대충 한 가닥으로 땋은 디스코 머리였다. 아침에 바빠서 머리를 손질할 시간이 없을 때 30초면 땋을 수 있기에 자주 하는 머리 스타일이었다. 분위기가 웃자고 한 농담 같았으나, 나는 어느 포인트에서 웃어야 할지 모르고 한참을 머리만 매만졌다.

아이를 출산하고 나면 많은 것이 달라지긴 한다. 몸매는 배만 풍만해지고, 머리숱도 현저하게 감소하며, 궂은날에는 온몸의 뼈들이 자기의 존재감을 드러내기도 한다. 의지와 상관없이 외형이 달라지고 상황이 변하는 것이다. 그런데도 '애엄마에게 적합한 머리 스타일이 있었던가'를 한참 생각했다. 따지고 보면 어떤 특정한 사람들에게 적합한 머리 스타일이란 게 있을 수 없는데도 '애엄마'라는 단어를 붙였다는 이유만으로 그런 게 있는지 생각하게 만드는 힘이 있다. '애엄마가 ○○을 해도 돼요?'라는 마법의 문장에 목적어를 무엇을 넣든 그 문장이 그럴듯해 보이며, 그 무게감이 남다르기 때문일 것이다. 참으로 놀랍다.

아빠는 부족해도 그런가 보다 하죠. 솔직히 좋은 아빠란 개념도 고작 30년 전에 나왔어요. 그전까지 아빠들은 말도 안 하고, 자식한테 무심한 못 미덥고 이기적인 존재였죠. 아빠들이 변하길 바란다지만 기본적인 수준에서 그냥 받아들여요. 아빠는 실수투성이라 사랑하죠.

하지만 엄마가 그런다면 사람들 다 들고일어나요. 구조적으로도 심적으로도 받아들이지 않죠. 우리의 유대교와 기독교 뿌리가 예수님의 어머니 마리아는 완벽한 사람이었으니까요.

마리아는 동정녀로 아이를 잉태했고, 꿋꿋하게 자식을 부양했으며 죽을 때는 시체도 끌어안고 있었죠.

그러니까 당신은 완벽해야 하고 찰리(아이 아빠)는 망치든 말든 상관없어요. 항상 당신(아이 엄마)을 평가하는 기준이 훨씬 까다롭죠. 짜증 나지만 현실이 그래요.

- 영화 〈결혼 이야기(Marriage Story), 2019〉 중

비단 동방예의지국이 아니더라도 사정은 마찬가지인가 보다. 동서고금을 막론하고 '엄마'에 대한 기준은 한없이 높다. 예를 들면 이런 거다. 아이를 임신하고 있을 때 커피를 마시면 '카페인 때문에, 애엄마가 커피 마셔도 되냐?', 아이를 낳아 분유를 먹이면, '모유가 좋다던데, 애엄마가 분유 줘도 되냐?', 모유 수유를 해도 '애엄마 모유가 부족한 거 아니냐?' 등등 쉼 없이 엄마라는 높은 기준을 세뇌당하기에 자기검열을 하기 쉬운 환경이다. 아이 출산과 모유 수유 등 엄마만 할 수 있는 일이 분명히 있다. 문제는 그 이후에도 '애엄마가~'로 시작되는 일은 끊임없다. 오죽하면 '애엄마가 그런 머리 해도 되냐'라는 소리까지 나올까.

애엄마로 산다는 것, 그 무게를 견뎌내는 법

한동안 나도 초보 엄마로서 열정 가득했던 날들이 있었다. 주변의 기대는 물론이거니와 스스로 높게 설정한 엄마의 역할을 성실히 수행하

려 했다. '애엄마 모유가 적은 거 아니냐'(크기와 모유 양은 비례하지 않는다는 과학적 설명은 필요 없었다)는 의문 제기에 모유에 좋다는 돼지족발 등 온갖 음식을 흡입했었다. 복직해서도, '애엄마가 밖에 늦게까지 있어도 되냐, 아이가 찾을 때 옆에 있어 줘야 하는 거 아니냐'는 질타에 나에게 네온사인이란 1년에 두세 번 볼까 말까 한 진귀한 풍경으로 남아있다. (참고로, 여기서 '늦게'란 아이들 취침 시간인 9시 반이다) 그 시간이 마냥 괴롭지는 않다, 엄마로서 선택이기에. 물론 타인의 압력을 인식한 자발적 선택이지만 아이들을 돌보는 엄마의 역할은 분명히 그럴만한 가치가 있는 일이다.

하지만 언제나 지나친 노력은 부작용을 낳는 법이다. 나의 신체적 정신적 한계를 고려하지 않은 엄마의 역할은 온갖 신체화 증상을 일으켰다. 그중 하나인 극심한 두통으로 신경외과를 찾았는데, 의사 선생님이 대뜸 이렇게 말씀하셨다.

"바보처럼 살아보세요. 다 잘하려고 해서 아픈 거예요. 지금도 충분히 잘하고 있고요. 애 키우면서, 직장 다니면서 무엇 하나 놓지 않고 해내고 있잖아요. 그 사실 자체만으로도 이미 훌륭한 엄마입니다."

신경외과에서 정신과 상담을 받은 기분이었다. 그렇게 종종 뜻하지 않은 곳에서 위안을 받는다. (지금도 아주 명석하진 않지만) 더욱 격렬히 나 자신을 놓아보는 연습을 해본다. 더 바보처럼. 나 스스로 엄마라는 굴레에 가두지 않고, 엄마이기 이전에 한 명의 사람으로서 온전히 있어 본다. 거기에 심화 단계로 '애엄마로서 이 정도는 사치 아냐?'라는 일도 가끔 해본다. 최근에 나의 사치는 약 60만 원짜리 다이슨 헤어드라이어를 덜컥 산 것이었다.(일찍 사지 않았음을 후회했다. 쇼핑은 망설이면 배송만 늦을 뿐이란 진리를 깨달았던 순간이다.)

그렇게 어깨에 힘을 뺀 자연스러운 엄마가 되어가고 있다. '조건 없는 희생'보다는, 기꺼이 '내가 선택한 봉사'를 하는 중이다. 기분 좋게 할 수 있는 선까지 하려고 노력한다. 상황에 따라 그 선을 조절하는 것도 잊지 않으며.

엄마를 조금은 너그러운 기준으로 바라봐주시기를 바랍니다.

이번 생에, 애엄마는 처음이라서요.

덧붙여서, 세상의 모든 엄마들에게 응원을 보냅니다.

지금도, 충분히, 잘하고 있습니다.

3장

워킹맘, 일의 기쁨과 슬픔

저, 모텔에서 자는 거 좋아합니다

온종일 너만 생각했어.

정말 내 머릿속에서 널 떨쳐버릴 수가 없어.

인정할게. 너와 밤을 함께 보내는 상상을 하기도 했어.

사랑해, 내 침대!

네 따뜻한 품으로 날 안아줘.

- 마우린 마지 윌슨 글·그림, 김동언 옮김, 《혼자 있을 때가 많지만 그리 외롭진 않아》, 상상의힘, 2019

"여기로 잡을까? 어때?"

엄숙한 사무실에서 숙박업소 앱을 보는 눈길이 신중하다. 나는 은은한 미소를 감출 수 없다. 출장 시즌이 또 돌아왔다.

"우리, 모텔에서 3박 4일 자기도 해. 괜찮아?"

육아휴직 후 복직하면서 들었던 질문이다. 업무 특성상 1박 2일, 길게는 3박 4일 출장이 잦은 업무라 아이를 돌보기 괜찮냐는 우려 섞인 시선이 있었다. 그때 1초의 망설임도 없이 바로 대답했다.

"저, 모텔에서 자는 거 좋아합니다.(어디서든 저 혼자 잘 수만 있다면, 집보다 숙면을 할걸요.) 애들은 애아빠가 있으니까요.(어떻게 버티는지는 신경 안 쓸랍니다.)"

숙소를 고르는 기준은 저마다 다르다. 어떤 직원은 안전을 최우선으로 생각하며, 카드키 외에 잠금장치가 있는 숙소인지가 제일 중요하다. 또 다른 분은 집에서 눈치 보여서 못하는 반신욕을 할 수 있는 욕조가 있는 숙소를 선호한다. 어떤 사람은 숙소에서 제공하는 물품(스타일러, 안마의자 등)에 주안점을 두기도 한다.

그렇다면 나는? 나는 관대하다. 혼자 잠만 잘 수 있으면 된다, 그게 어디든. 물론 내가 숙소를 선택할 때 주안점은 '냄새가 안 나는가?'이다. 그래서 이왕이면 비흡연 숙소를 선택하고, 신축을 선호하며, 카펫의 먼지 냄새를 좋아하지 않아서 바닥이 카펫인 것은 지양한다. 어디까지나 그것은 나의 선호일 뿐 반영되지 않을 때도 많다. 모텔은 비흡연이 나눠지지 않는 곳도 많고, 화장실에 제거되지 않은 곰팡이가 까꿍 하며 퀴퀴한 냄새가 진동하기도 한다. 나의 기준치는 '나 혼자 머물 것'이기에 언제나 만족한다. 개인의 취향이 반영되는 숙소 선택의 기준이 있지만, 나에게 '기준'이란 무의미하다. 그저, 혼자 있을 수 있다면 그곳이 어디든 괜찮다.

엄마도 때로는 혼자만의 시간이 필요해

이런 출장을 다닌 지도 어언 3년 차. 이제는 출장에서 나를 제외해 주려는 '배려'는 거부하며, 출장을 오매불망 기다린다. 비록 출장이 최대는 새벽 5시 30분부터 저녁 8시까지, 평균적으로도 12시간 넘게 계속 일하고 약소한 수당을 받지만 상관없다. 공식적으로 내가 육아에서 완벽히 해방될 수 있다는 사실은 이 모든 것을 뛰어넘는다.

육아를 생각하지 않아도 되는 혼자만의 시간은 거창하지 않다. 아들의 칭얼거림이 없는 아침으로 하루를 시작하고, 저녁밥을 먹고 와서 아이들 목욕을 신경 쓰지 않고 시간 구애 없이 샤워하는 것이다. 자기 전에 TV를 볼 때 로봇이 주연인 만화영화 대신 내가 원하는 채널로 볼 수 있으며, 아이들이 가져온 책을 읽어주는 게 아닌 내가 좋아하는 책을 눈으로 보다가 내가 잠자고 싶을 때 잠드는 것이다. 가장 좋은 점은 그저 아무도 없는 공간에 나 혼자 있다는 사실이다. 엄마의 역할에서 벗어나 나로서 온전히 있을 수 있는 시간이 참 좋다.

이것은 나만의 이야기는 아니다. 아이를 키우는 분들이라면 누구나 공감할 것이다. 아이들이 매우 사랑스럽고, 엄마의 손길이 필요한 이 기간이 얼마 안 될 것임을 알기에 소중하다. 동시에 사람의 생존 욕구(자고, 먹고, 쉬고)가 제대로 채워지지 않는 날들이 계속되기에, 조금씩 지쳐간다. 교대가 필요하지만, 아이가 있는 집에서 완벽한 휴식은 불가능하다. 특히 우리집은 내가 없으면 아빠랑 애들이 잘 자는데, 내가 집에만 있으면 나만 찾는 희한한 구조로 인해 나에게 육아 퇴근 시간은 없다.

출산 후 다시 일하게 되면 혹자는 자기계발, 자아실현 등 거창한 것들을 내세우지만, 난 '수면 보충'과 '완전한 휴식'에 방점을 둔다. 공식적인 출장을 핑계로 내 시간을 당당히 요구할 수 있는 현실이 가끔은 서글프기도 하지만 이 또한 지나가리라, 추억이 되리라.

숙소의 무료 조식을 이용할 수 없다.(조식 시작 전에 출근해야 한다.)

호텔에 묵을 경우 내 돈을 보태야 하는 경우도 있다.(회사에서 보전해주는 금액은 모텔 정도이다.)

출장을 위해서는 나의 부재에 만반의 준비를 해야 한다.(어린이집 등원 옷까지 미리 세팅해둬야 한다.)

그래도 좋다. 혼자 있는 시간 자체가.

그렇게 워킹맘의 장점을 또 하나 (간신히) 발견한다.

난 당신의 목소리를 기억합니다, 후배님

오렌지를 쥐어짜면 무엇이 나올까요?

물론 오렌지 주스가 나오겠죠. (중략)

누구도 나를 우울하게 만들 수 없습니다.

누구도 나를 화나게 할 수 없고, 마음 아프게 할 수 없습니다.

누구도 내 안에 없는 것을 만들어 낼 수는 없습니다.

- 웨인 다이어 지음, 이한이 옮김, 《인생의 태도》, 더퀘스트, 2020

"회사에서 저분은 왜 헤드셋을 끼고 있지? 게임을 하고 있나 했어요."

'저분'은 바로 나였고, '헤드셋'은 줄기차게 나를 찾는 전화응대를 위한 도구였다. 내 사무실 전화는 마치 114 전화 안내센터처럼 수시로 울린다. 헤드셋을 착용하여 귀와 입으로 전화를 받으며, 눈은 모니터를 응시하고 손은 타자를 열심히 치고 있다.

그날도 어김없이 전화 폭격이 시작되어 헤드셋을 주섬주섬 끼고 전화를 받았다. 귀에 익은 목소리였다. 그분은 한때는 같은 직장, 지금은 다른 직장에서 근무 중인 1년 후배였다. 참고로 나는 남주혁과 신랑이 동일 인물에 가깝다고 할 정도의 식별 능력(타칭: 안면인식 장애)을 갖추고 있지만, 특이하게 목소리만큼은 셜록 홈스 수준의 예리함을 갖추고 있다. 내 이름을 찾아서 나에게 전화했으니, 언제 아는 척을 하며 인사해야 하나 고민하고 있는데 상대방은 전혀 모르는 눈치다.(참고로, 내가 존재감이 있는 사람이라서가 아니라 내 이름이 워낙 독특하여 사람들 대부분이 나의 이름만은 기억한다.) 하지만 내가 안면인식 장애가 있는 것처럼 이분은 이름과 목소리를 기억하지 못할 수도 있지, 하며 그저 전화 내용에만 집중했다. 이 업무가 처음이라 잘 모르는 듯하여(하지만 나는 이런 전화가 익숙한 일이기에) 사무적인 친절함으로 업무 안내를 하고 전화 통화를 마쳤다.

그렇게 전화를 끊고 며칠 후 그분의 이름이 있는 문서를 보았다. 역시나, 내가 아는 사람이 맞았다. 그때까지만 해도 반가움이 더 앞섰다. 그런데 문서에 응당 붙어있어서 내가 검토해야 할 첨부파일이 없었다. 축의금 봉투를 받아서 열었는데 돈이 없는 느낌이랄까. 1년에 1,000건 가까이 문서를 검토했지만 이런 경우는 처음이라 조금 당황스러웠다.

그래서 다시 전화를 걸었다. 자초지종을 설명하며 파일이 누락되었음을 알리자 그 귀에 익은 목소리가 내 마음에 꽂혔다.

"다. 시. 보내면 되죠."

정말 원초적인 실수를 매우 도도하게 받아치는 그 당당한 목소리에 잠시 할 말을 잊었다. 밀물처럼 밀려오는 화를 억누르며 가까스로 전화를 끊고 헤드셋을 벗었다. 참고로 나는 평소 아들 둘에게 훈련되어 웬만한 상황에서는 화가 나지 않는다. 간혹 내가 화를 냈다고 생각하여 옆자리 동료에게 "내가 너무 거칠었나?"라고 물어보면, 의아한 눈빛으로 "방금요? 엄청 친절하셨는데요?"라고 반문하곤 한다.

육아휴직 쓰고 돌아온 워킹맘에게, 직장에서 승진이란

그 후배는 승진해서 나보다 직급이 높았다. 바꿔 말하면 그분이 매우 어처구니없는 상황에서 당당할 수 있는 단 하나의 이유를 찾는다면, 나보다 직급이 높다는 것뿐이었다. 언제나 이럴 때면 기계처럼 되뇌는 말이 있다.

"나는 어떤 지점에서 화가 났을까, 지금 내 감정은 무엇일까?"

마음 관리를 하며 의식적으로 해보는 말이다. 물론 뒤죽박죽 실타래처럼 엉킨 감정이 무엇인지 잘 알지 못한다. 그래도 계속 되뇐다. 그렇게 하다 보면 화의 시작은 내 안에서 비롯되었음을 알게 된다. 괜히 후배의 무지에서 비롯된 실수와 뻣뻣한 태도로 치환하기보다는(일정 지분은 있고 트리거가 되기는 했지만) 내 안을 들여다보는 거다. '후배는 승진해서 저렇게 있는데 난 왜 아직 이 자리에 있지' 하는 자괴감, '내가 무슨 문제가 있는 것은 아닐까' 하는 의구심에 화가 난 거다. 동시에 내가 아이 둘을 낳고 키우느라 육아휴직을 한 것이 잘못된 선택이었는지를 반문하기도 한다. 소소한 일이 왜 나에게 유독 크게 다가오는지 그렇게 찾아간다. 그러다 보면 나에게 화살을 돌린다. 그동안 들었던 구체적인 타인의 말까지 합세하여 나를 총공격한다.

"쉬다가 왔으니 그 정도는 감수해야지. 육아휴직이 아무리 승진에 일부 반영된다지만, 그 기간에 직장에서 열심히 일한 사람하고 똑같이 보상받기를 바라면, 그거 완전 도둑놈 심보 아니야?"

"이런 상황 알고 육아휴직 길게 쓴 거 아냐? 설마, 모르고 한 거야? 다들 짧게 쓰고 돌아오는 데는 이유가 있지."

"애 낳고도 돌아갈 직장이 있다는 것 자체가 얼마나 다행이니. 그것만으로도 감사해야지. (나 때는 말이다…)"

들었던 말들이 고통스럽지만, 잠시 내 감정을 그대로 수용한다. 그러고는 정면으로 받아친다. 내가 가진 것들을 목도리도마뱀이 목도리를 우산 모양으로 펼치듯 한껏 펼쳐 부풀려본다.

'그래, 휴직 기간에 두 아들과 온전히 시간을 보낼 수 있었어. 아이가 아픈 날에는 고민 없이 내가 데리고 있을 수 있었지. 출근에 쫓기지 않고 아이와 아침 산책하며 온 동네 강아지풀은 다 뜯고 다녔지. 눈이 오면 (내가 썰매개가 되어) 어린이집 등·하원을 썰매로 해줄 수 있었고….'

'그렇지, 애 낳고 그렇게 길게 육아휴직을 쓸 수 있는 것 자체가 아이에게 좋지. 아이의 어린 시절은 다시 돌아오지 않으니까. 하하.'

'맞아, 난 돌아갈 직장이 있었잖아? 어쩔 수 없이 아이 낳고 퇴사한 친구들이 부러워하긴 하지.'

그렇게 영혼부터 끌어온 방어 논리로 만신창이가 된 마음을 다독여 본다. 물론 바로 새살이 솔솔 돋지는 않는다. 그래도 스스로를 위해 괜찮다, 괜찮다고 반복한다.

누군가가 위로해주길 바라는 수동적인 자세는 집어치운다. 설정 잘못 잡은 타인의 위로는 상처에 덧남을 유발하므로. 나부터 나에게 친절하게 대해 본다. 이럴 땐 "뭐 어때, 난 이런 사람이야."라는 말이 최고다.

그 후배는 저런 사람인 거고, 나는 이런 사람인 것을 수용한다.

육아휴직 후에 승진이 불리할 수 있는 사실을 겸허히 인식한다.

세상에는 다양한 사람들과 상황이 있음을 '이해'하지 않고 그냥 '인정'하기로 했다.

그대로 받아들이는 연습을 또 한 번 한다.

그렇게 내 안의 상처를 어루만지며, 나는 한 뼘 자란다.

(사실… 이런 식으로 마음이 자라야만 한다면, 피터 팬이 되고 싶다. 하하.)

가끔, 직장에 다니길 잘했다는 생각이 든다

그러나 우리는 그곳에 갈 수 없다.

우리는 단지 밤하늘을 올려다볼 수 있을 뿐이다.

우주는 손에 닿을 것처럼 보여도 아주 멀리 있다.

어떤 진실은 슬프지만 그냥 받아들여야 한다.

- 김초엽 지음, 《방금 떠나온 세계》, 한겨레출판, 2021

나는 신랑에게 말싸움으로 이길 수 없다. 예외인 단 하나의 주제가 있으니 그것은 바로 '프러포즈'이다. 대화하다가도 갑자기 신랑이 사라지는 신기한 현상을 볼 수 있으며, 재미있게 TV를 보다가도 프러포즈 장면만 나오면 신랑은 채널을 황급히 돌린다. 논리력 최강에 자기 주장력 만렙인 신랑이 횡설수설하는 유일한 순간이다. '달달함'(신랑 표현에 의하면 '속 시끄러운 순간')을 극도로 거부하며, '다정한' 모습은 연중행사로 볼 수 있을까 말까이다.

거듭 강조하지만, 나는 신랑의 외모를 보고 결혼했다. 결혼한 지 10년이 넘었기에, 내 기억력의 오류가 아닐까 싶다가도 얼마 전 신랑 대학교 때 학생증 사진을 보고 '그래그래, 얼굴 보고 결혼한 거 맞아.'라고 흐뭇해했다. 외모에 올인한 만큼 나머지는 거들 뿐인데, 유독 '다정다감'과는 거리가 먼 것이 내내 아쉽다.

그럴 때면 나만의 치유책이 있다. TV 속 남친들을 소환한다. 신랑과 비슷하게 생긴 연예인들(최근엔 남주혁? 다시 말씀드리지만 저 혼자만의 의견입니다)이 여주인공에게 살갑게 대하는 장면을 유튜브로 시청한다. 눈에 양봉장을 차려 꿀이 뚝뚝 떨어지게 바라보는 장면, 달달한 멘트를 서슴없이 내뱉는 장면 등을 특히 좋아한다.

가끔은 그들의 영상을 무한반복 보아도 헛헛함이 채워지지 않을 때가 있다. 신랑의 거친 언행으로 상처를 받는 날도 있다. 대부분은 외모지상주의자의 응당한 결말이라고 위로해보지만, 위안이 안 되는 날이 있다. 그런 날들은 또 차곡차곡 쌓여간다.

특별한 일이 없는 날, 회사 동료에게 꽃을 받았다

그렇게 조금씩 메말라가던 보통의 아침, 화사한 꽃다발이 사무실에 있었다. 꽃 덕분에, 출근했는데 기분이 좋아지는 마법을 경험했다. 그 꽃을 가져온 사람의 이야기에 부족했던 '달달함 지수'가 쭉 올라갔다.

"좋아하실 것 같아서, 보시라고 사무실로 가져왔어요."

그 꽃다발은 직장 동료가 전날 동생의 졸업식을 위해 샀던 꽃다발이었다. 여기까지만 들으면 '뭐야, 날 위해 사 온 것도 아니고 어제 쓴 꽃다발을 그냥 회사에 가져온 거 아냐?'라고 할 수 있다. 하지만 그 꽃이 사무실에 있기까지의 배경은 이렇다. 이 직원으로 말할 것 같으면 내가 아는 최고의 미니멀리스트이다. 함부로 물건을 집 안에 들이지 않는 엄격함을 지니고 있으며, 거추장스러운 것을 극도로 혐오한다. 그런 사람인데, 매우 추운 날 그 꽃다발을 고이 안고 2시간가량 대중교통으로 집으로 온다. 거기에 싱싱함을 유지하려고, 인터넷에 검색해서 설탕물에 담갔다가 다음날 다시 버스를 타고 사무실까지 그 꽃다발을 들고 온 것이다. 그 이유는 단 하나, '내가 꽃을 좋아해서'란다. 그 한마디가 얼어붙어 있던 내 마음을 녹인다. 참으로 고맙다. 나에게는 그 예쁜 꽃보다 더 예쁘다, 그 후배가.

목구멍까지 꾹 눌러왔던 감정이 터지는 날들이 있다. 참는 게 특기인지라, 여간해서는 티가 안 나는데 한번 나오기 시작하면 감당이 잘 안 된다. 제일 가깝다고 생각하는 가족이 내 '마음의 안식처'가 되어주었으면 싶지만, 사실 그러기는 쉽지 않다. (나 역시 가족에게 '괴로움의 유발자'이니.)

오히려 마약 같은 월급 때문에 다니는 직장에서 만난 사람들에게 힘을 얻을 때가 있다.

사무실에서 훌쩍훌쩍 숨죽여 울던 날, 후배가 쓱 건네준 초콜릿(내 돈 주고는 절대 안 사는 브랜드 초콜릿).

영화관에 못 가던 외모지상주의자인 날 위해, 강동원이 나오는 좀비 영화를 같이 보러 가준 동료(알고 보면 좀비를 무서워하던 사람).

출장 때 모텔에서 자지 말고 본인 집에 오라고 먼저 말해주던 동기 언니(썸남에게 집 근처도 공유하지 않는 사람인데, 먼저 본인 집 주소와 비번까지 알려줄 때).

그 배려들이 나를 특별한 존재로 만든다. 신데렐라에 나오는 요정 할머니처럼, 그들의 작은 행동들이 마법처럼 나를 빛나게 해준다. 지친 나에게 힘이 되어준다.

신랑이 항상 다정다감했더라면, 달달함이 일상이었다면 몰랐을 것들이다. (외모만 보고 결혼한 덕분에) 주위의 따뜻함이 빛을 발한다. '난 인복이 많은 사람이었구나.' 하고 어두웠던 마음에 시야가 트이는 순간이다.

흔히, 일로 만난 사람 사이에는 한계가 있다고, 끈끈한 인간관계를 기대하면 안 된다고들 한다. 사실, 직장에서는 크게 기대하지도 않고, 많이 서운하지도 않다. 그런데도 내 주변에는 인간적인 따뜻함을 느끼게 해주는 이들이 있다. 소수이지만, 그들 덕분에 오늘도 힘내서 회사에 출근한다.

가끔, 직장에 다니길 잘했다는 생각이 든다,

일로 만난 따뜻한 사람들 덕분에.

그리고, 나도 그들에게 받은 그 고마움을

꼭 돌려줘야겠다고 다짐해본다.

회사 사람들과 놀이공원에 갔을 때 생기는 일

가까이 지내는 사람들은 말의 농도가 비슷한 게 아닐까?
어떤 사람들은 만나는 내내 자기 이야기만 늘어놔서 숨이 막히고,
또 어떤 사람들은 좀처럼 자기 이야기를 하지 않아서
상대에게 그 여백을 숨 가쁘게 채우게 하는데,
말의 농도가 비슷한 사람들끼리는 편하니까.

- 정세랑 지음, 《지구인만큼 지구를 사랑할 순 없어》, 위즈덤하우스, 2021

올해로 3년째 지천명(知天命)이신 분의 옷에 벌이 붙었다. 양쪽에서 20대, 30대가 동시에 말한다. "어머, 꽃인 줄 알고 벌이 앉았나 봐요."

그렇게 꽃이 된 50대를 포함한 3명이 까르르 웃는다. 잠시 후 벌이

날아가자 40대가 말한다. "정체를 들켰나 보죠." 4명 모두 웃음이 터진다. 매우 즐겁다. 직장인이 평일에 놀이공원에 온 상황과 오고 가는 대화들이.

우리는 회사에서 만난 사람들이다. 총 4명이, 20대부터 50대까지 각각의 연령대를 대표한다. 식사 도중 얼핏 나온 나의 버킷리스트인 '놀이동산 가기'가 실현되기까지 기간은 고작 3주. 친구들과는 10년째 계획 중이었는데도 언제 실현될지 미지수였던 것에 비하면 놀라운 추진력이다.

놀이동산까지 가는 버스를 타고, 출근 시간보다 1시간 일찍 집을 나서서 평소 퇴근보다 2시간 늦게 집에 도착하는 일정이었다. 출발 전 "어떻게 그 시간까지 버티지? 어색한 거 아냐?" 하는 우려도 있었다. 결론부터 말하면, "우리 벌써 가는 거야? 시간 너무 빠르다. 아쉬워."를 연발하며 돌아오는 버스에 몸을 실었다. 그만큼 알차고 즐겁게 지냈다. 성인이 된 후 처음 떠난 봄소풍이었다.

마음에 맞는 사람들과 어울린다는 것은

우리가 놀이동산에 쉽게 갈 수 있었던 이유를 살펴보면 다음과 같다.

첫째, 모임이 성사되기 쉬운 구조이다. 직장에서 만난 사람들은 각자

부서에 하루 연차를 올리고 모이면 평일에 갈 수 있는 조합이다. 비슷한 생활 방식을 가진 직장 동료이기에 가능하다.

둘째, 대화가 현재 중심이다. 친구들은 함께한 시간이 주로 과거에 있기에, 모이면 추억팔이와 근황 토크가 주가 되어 자주 만나기가 멋쩍다. 하지만 직장 동료들은 어떠한가. 회사란 현재의 공간을 함께 공유하는 사람들이므로 지금에 충실하다.

셋째, 공통점이 많아 대화의 소재가 풍부하다. 하루의 1/3 이상을 같은 공간에서 지내며, 유사한 업무를 하고, 비슷한 보수를 받기에 공통 관심사는 무궁무진하다. 안주 없이도 술이 술술 넘어가는 사이라고 할 수 있다.

게다가, 회사 사람들끼리 평일에 놀이동산에 가면 이점이 많다. 누군가를 돌볼 필요가 없어, 온전히 놀이동산의 경치와 놀이기구에 집중할 수 있다. 점심 메뉴 때문에 옥신각신할 필요도 없으며, 집에 가는 길에 한 사람이 운전하는 일 때문에 감정이 상할 필요도 없다.

즐겁게 놀이기구를 타고 나오면 출구에는 다양한 기념품들이 현혹한다. 이를 사달라고 조르는 아이와 그것을 저지하려는 부모님의 기싸움이 한창이다. 3년째 지천명이신 분이 그 장면을 보고 이렇게 말씀하신다.

"놀이공원은 나에게 힘든 곳이었어. 아이들이랑 애아빠랑 오면 꼭 싸우고 돌아가는 곳이었거든. 항상 '내가 여기 다시는 오나 봐라.'가 마무리였지. 근데, 놀이공원이 이렇게 즐거운 곳인지 알게 돼서 참 좋다."

"음… 안 좋았던 기억이, 오늘 좋은 추억으로 덮이길 바라요."(역시 가족끼리 놀이동산에 오는 건 미뤄야겠다고 속으로 다짐한다.)

"근데 우리가 지금 왜 좋은 줄 알아? 회사 사람들에게는 나의 모든 모습을 다 보여주진 않잖아. 적절히 예의를 지키고, 서로를 배려해야 하는 기본기를 지키기 마련이지. 그래서 이렇게 행복한 시간을 보낼 수 있는 거야. 적당히 거리가 있는 사이가 좋은 거지."

그렇다, 회사에서 만난 사람들은 서로 배려와 예의를 지키는 '적당한 거리'를 유지하는 사람들이기에 행복한 시간을 보낼 수 있는 것이다. 보이지 않는 암묵적인 규칙을 따르기에 가능한 일이다.

함께 있으되 거리를 두라.

그래서 하늘 바람이 너희 사이에서 춤추게 하라.

(중략)

함께 서 있으라, 허나 너무 가까이 서 있지는 말라.

사원의 기둥들도 서로 떨어져 서 있는 것을.

참나무와 사이프러스 나무도 서로의 그늘 속에선 자랄 수 없다.

- 칼릴 지브란 지음, 《예언자》, 무소의뿔, 2018

너무 가까운 것은 너무 먼 것보다 오래가기 힘듦을 자주 느낀다, 요즘

들어 부쩍 더. 서로에게 행복한 '적당한 거리'를, 오늘도 몸으로 부딪쳐 가며 익히는 중이다.

그런 의미에서 (잘생긴) 신랑님께 바라오니,

우리, 회사 직원 정도의 거리, 예의와 배려를 기본값으로 유지해보자.

싫으나 좋으나 최소 10년 이상은 같은 부서에서 지내야 하는 직원 정도로 생각해보자. (어차피 실제 직장 동료이기도 하니까, 어렵지 않지?)

적당한 거리는 건강한 관계를 만든다.

그렇게
젊은 꼰대가 될 수 있다

'남들도 각자 마음을 갖고 있고 그들의 생각이나 감정은 나와 다를 수도 있다'라는 것을 이해하는 심리적 성장을 정신분석에서는 '정신화(mentalization)'라고 한다. 심리적으로 자라지 못하여 정신화가 일어나지 못한 사람들이 많다. 그들은 세상 사람들이 모두 자기처럼 느끼고 생각한다고 믿고 있다. 그래서 위축되고 오해하고 화낸다.

- 이무석·이인수 지음, 《내 아이의 자존감》, 덴스토리, 2013

나는 요즘 사무실에서 미어캣 모드와 방청객 모드를 병행하고 있다. 그 이유는 세 가지로 요약할 수 있다.

① 새로 오신 과장님 자리와 내 자리는 지정학적으로 서로 고개를 들면 시선이 마주친다. ② 과장님의 이동 동선은 내 앞을 반드시 지나가서

야 한다. ③ 과장님은 직원들과 소통하는 것을 즐겨하시며, 혼잣말도 크게 하시는 스타일이시다.

여기에 입사 13년 차인 나의 경험치와 지나친 섬세함이 추가되면, 과장님과 눈이 마주치거나 과장님이 지나가실 때마다 미어캣 모드가 된다. 또한 회의하거나 식사를 같이하는 자리에서는 열혈 방청객이 되어 어느새 호응하고 있다. 이 모든 게 나의 의도된 행동이라기보다는 반자동적인 습관이다.

윗사람들이 좋아하는 상사는 흔하지만, 아랫사람들이 선호하는 상사는 드물다. 한데 우리 과장님은 그 어려운 것을 둘 다 해내시는 분이시다. 한마디로 참 좋으신 분이다. 일로도 인간적으로도.

그런 과장님과 일하다가 문득 '앗, 내가 어쩌면 꼰대일지도?' 하는 생각이 들었다. 사건의 발단은 이러하다. 과장님이 전체 직원들이 모여있는 자리에서 젊은이들과 비 젊은이(?)를 구분하시다가 나에게 "자네는 젊은이가 아니잖아."라고 말씀하셨다.

입사 첫해 나의 직속 상사는 내가 태어난 연도에 학번을 가지신 분이었고, 입사 7년간은 언제나 나이로 막내였으며(제일 젊으신 분과도 5년 이상 차이가 났고), 복직하고 나서는 가장 어린 나이의 군은 아니더라도 중간(어린 쪽에 가까운 중간)에 들어가 있다고 믿고 있었다. 그래서 굳이 이분법적 사고로 하자면, 난 젊은이였는데 어느새 난 과장님과 같은 젊지 않은 부류가 되어있었다.

내가 더는 젊은이가 아니라는 사실을 인지하고 번뜩 든 생각이 있었다. 나랑 친하다고 생각했던, 나보다 8살 어린 후배와의 관계에서 내가 어쩌면 소극적 젊은 꼰대가 되어있을지도 모른다는 것이었다.

입사 13년 차, 내가 소극적 꼰대일지도 모른다는 경각심

나는 '꼰대'를 적극적 꼰대와 소극적 꼰대로 나눈다. '적극적 꼰대'는 한마디로 완벽한 답정너에, 타인의 의견을 묻는 것은 민주적 절차로 보이기 위한 요식행위에 불과한 부류이다. 이에 반해 '소극적 꼰대'는 상대의 반응을 보아가며, 은근슬쩍 자기 생각과 주장을 펼치되 그것이 마치 상대방도 원해서인 양 착각을 불러일으키지만 어쨌든 본인 위주인 것은 같다. 과장님이 나에게 하시는 행동과 내가 어린 후배에게 하는 행동이 겹쳐져 내가 소극적 꼰대일지도 모른다는 것에 설득력은 더 높아 갔다. 대표적인 사례들은 다음과 같다.

❶ 나의 관심사를 자꾸 알려주려 한다(맛집 탐방 vs 책 읽기)

우리 과장님의 경우에는 점심 후 "아~ 배부르다"라는 말을 내용상은 혼잣말에 가깝지만 모두가 들리는 목소리로 얘기하시며 내 앞을 지나가신다. 그럼 난 자동으로 "과장님, 뭐 드셨나요?"라고 물어본다. 그러면 오늘 먹은 점심 메뉴와 식당의 위치 등등 후속 대화가 이어진다.

나의 경우는 “이 책 진짜 재밌어.”로 대화를 열 때가 많다. 그러면 젊은 직원은 “무슨 책인데요?” 하며 대답하게 된다. 며칠 후, 후배는 그 책을 읽고 있다. 읽고 나서는 또 그 책에 관해 내용을 공유한다.

❷ 그들과 통하는 부분이 많다고 생각한다(맛집 공유하기 vs 좋은 책 추천하기)

과장님은 맛집을 독점하지 않으시고, 널리 알려 직원들을 이롭게 하는 것을 즐겨하신다. 그래서 차를 타고 가면서도 이쪽으로 가면 여기에 무슨 맛집이 있는지 쉼 없이 알려주신다.

나는 책 한 권에서 그치지 않고, 이 작가의 책 중에 이게 재밌으며, 이 주제를 좋아한 거라면 저 책도 좋아할 거라며 추천의 범위를 그렇게 넓혀간다.

그렇게 소름 돋는(?) 공통점을 찾아가며 내가 어느새 그렇게 소극적 꼰대가 되었구나 하는 확신이 들기 시작했다. 나는 그런 의도가 없고, 어쩌면 상대방도 별 뜻 없이 받아들이더라도 그저 내 나이와 연차가 상대에게 막연한 부담감을 줄 수 있겠다는 생각이 들었다. 특히, 내가 쓴 글을 다음 브런치에 올린 후 주말에 카톡으로 내 글을 후배에게 보낸 사실을 반성한다. (후배도 카톡에서 방청객 모드였을 것으로 생각한다. 그렇지만, 이 호응에 더욱 신나서 글을 썼음을 고백한다.)

'그 사람에 대해 잘 알고 있다'는 확신이 드는 순간이 있다. 내가 후배에게 주말에 카톡을 보내서 내 글을 공유한 이유는 내 글을 좋아할 거란 강한 믿음이 있었기 때문이다. 그때가 가장 조심해야 할 때가 아닌가 싶다. 모든 것은 변하기 마련이다. 고정된 것은 없다. 어제 좋아했던 것을 오늘은 싫어할 수도 있다. 그러니 언제나 처음처럼 물어보고 살펴보아야 한다. 그래서 후배에게 브런치 글을 올린 것이 다음 메인에 올라갔다는 기쁜 소식을 알리지 않고 반나절 꾹꾹 참았다. 하지만, 난 소극적 꼰대가 맞았나 보다. 끝내 참지 못하고 또 이렇게 물어봤다.

"있지, 내 브런치 글이 지난 주말에 또 다음 메인에 노출되었어. 하하. 혹시 궁금하면 공유해줄까?"

"아, 새로 올라온 글 이미 찾아봤어요. 명절에 또 하나의 회사에 간다는, 시월드에 관해 쓴 글 맞죠?"

내 후배는 브런치 글 알람 설정을 하지 않았다. 검색창에 직접 내 필명을 검색해서 새 글이 올라오는지 보고 있었단 얘기였다. 내 관심사를 내가 공유하지 않아도, 자발적으로 함께한다는 사실이 기쁘고 그야말로 감동이었다. 아직 나는 꼰대가 아닐 수도 있다는 사실에 안도했다.

명절을 앞둔 날, 우리 과장님이 말씀하신다.

"오늘 같은 날 사무실에 사람이 많이 남았네? 급한 일 없으면 다들 연차 쓰고 일찍 가세요. 사무실은 내가 지키면 되지."

아랫사람의 입장에서 다가오는 우리 과장님, 겉보기 나이와 연차가 주는 다소의 거리감은 있을지 몰라도 과장님은 꼰대가 아니다.

나 역시, 주말에 사적인 글을 직원에게 반강제 공유하고 있긴 하지만, 손사래를 치며 내가 꼰대가 아니라고 말해주는 그 후배가 고맙다. 무릇 고마운 마음은 말로만 끝나면 안 되는 법. 밥을 사주기도 하고, 유용한 살림 용품을 나눠주기도 하며 마음 한편의 고마움을 전해 본다. (계속하겠다는 뜻이다, 미안.)

과장님이 꼰대는 아니지만, 여전히 나는 미어캣과 방청객 사이에서 바삐 움직인다.

오늘은, 과장님 시야에 화분을 살포시 놓았다. (과장님, 존경합니다. 하하.)

후배에게 주말에 사적인 글을 공유하는 카톡은 자제하리라 한 번 더 다짐한다. (평일에 할게. 히히.)

적당한 사회적 거리는 감염병 예방에만 필요한 게 아니다.

꼰대 방지에도 필수이다.

님아,
이 말만은 하지 말아 주오

나는 별이 죽고 폭발하면서 흩뿌려진 별가루로 만들어진 존재였다. 내 몸은 하나의 우주다. 우리 모두 각각의 우주다. 내가 있기 위해서 거대한 별이 폭발했다는 사실을 생각하면 어쩐지 우주와 내가 직접적으로 연결되어 있다는 느낌을 받아 용기와 힘이 생긴다. 무기력해지고, 두려워질 때마다 이 사실을 떠올리고 싶다.

- 조구만 스튜디오 글·그림, 《우리는 조구만 존재야》, 더퀘스트, 2020

듣고 나면, '이게 뭐지?' 하고 생각하게 되는 말들이 있다. 분명 위로의 말을 건네는 상황이었는데, 더 힘이 빠질 때가 있다. 그래서 준비했다. 본인이 냉철한 이성을 자랑하며 평소 타인의 감정을 이해하는데 서툰 사람이라면, 거기에 섬세한 감성을 가진 사람이 주위에 있다면 눈여

겨보길 바라며. (신랑, 보고 있어?)

위로 부적격자들에게 알려드립니다

공감 초심자 레벨임을 고려하여, 위로의 말 중에서 최소한 '이런 말만은 하지 마세요'로 준비했다. 실제 사례를 바탕으로 구성했으며, 나에게 이 말을 건넨 이들은 나를 걱정하고 나에게 힘을 불어넣기 위해 이 같은 말을 건네었음을 강조한다.

❶ "고생은 곧 행복이다."

모든 일은 마음먹기에 달렸다는 착각, 그 마음먹기가 안될 수 있음을 알려드리고 싶다. 아무리 이성적으로 나를 설득해보아도 감정은 받아들이지 못하기 때문이다. 그것보다는 어떤 상황에서든 '나의 감정은 옳다'라고 보는 게 좀 더 건강한 생각이겠다. 치밀어 오르는 자연스러운 감정을 억누르면 그게 사라지는 게 아니라 오히려 더 단단하게 응축되어 언제 어디서 펑 터져버릴지 모르는 시한폭탄처럼 되기 때문이다. 긍정적인 상황이 아닌 것을 긍정적으로 생각해보라는 권유는 위로가 될 수 없다.

❷ "잘 이겨내야 한다."

이 말을 건네고 있다는 것은 지금은 이겨내야 할 시련이 있는 상황임이 분명하다. 게다가 앞으로는 어떻게 될지 더 알 수 없다. 물론 상황을 잘 이겨냈으면 좋겠다는 소망을 표현한 것일지는 모르겠지만, 그 소망이 당장 이루어질 리 만무하다. 게다가 뭔가 '해야 한다'는 압박감은 상황을 극복하는 데 도움이 되지 않는다. 오히려 이런 상황을 잘 이겨내지 못하는 자신을 자책하며 더 더디게 회복할 뿐이다. 이겨내야 할 목적어도 분명치 않은, 어설픈 접근은 정중히 사양한다.

❸ "힘내, 파이팅!"

기운을 차리고 힘을 내라는 의도는 충분히 알지만, 그럴만한 상황이 아닌 것을 먼저 이해해주었으면 좋겠다. 사실 본인이 제일 힘내고 싶지만 힘낼 수 있는 상황이 아니다. 밑도 끝도 없는 파이팅은 오히려 힘이 빠진다. 이런 말을 들으면, 기운 나지 않아도 어쩐지 "덕분에 힘이 나네요."란 말이 자연스레 붙어야 할 것 같은 압박감이 든다.

이 말들이 무조건 잘못되었다는 것은 아니다. 타인을 위로하기 위한 아름다운 마음은 충분히 공감한다. 다만, 기초공사를 다지지도 않고 인테리어 장식부터 하는 것처럼 어색할 뿐이다. 이런 말이 타인의 위로라는 목적에는 부합하지 않는다는 것을 이야기하고 싶다. 그렇다면 어떻게 말하면 좋을까?

그 사람의 현재 상황을 있는 그대로 인정하는 게 중요하다. 무기력하고 지친 형편을, 울고 있는 슬픈 상황을 부정하지 않아야 한다. 감정에는 옳고 그름이 없다. 제대로 수용해줄 때만 그 감정은 해소될 수 있다. 그런 의미에서 앞에 나왔던 말들은 공통점이 있다. 그 상황을 타개하고 극복해야 하며, 그러기 위해서 노력을 권하는 말이다. 그래서 위로 부적격인 말이다.

반면, 기억에 남는 위로는 이런 것들이다. 안위를 걱정하는 다소 느리면서도 다정한 목소리 톤, 무거운 침묵을 같이 공유해주는 배려, 축 처진 어깨를 토닥여주는 따뜻한 손길 등 특정한 말이 아닌 '진심'이 느껴지는 '행동'들이다. 즉, 위로는 '말의 내용'보다 '말을 담는 그릇'이 어떠하냐가 더 중요하다.

'위로'라는 말을 사전에서 찾아보면, 따뜻한 말이나 행동으로 '상대방의 슬픔과 괴로움을 달래 주는 일'이라고 한다. 다시 말해 위로란, 상대방에게 초점이 맞춰져 있는 것이지 그 말을 함으로써 내가 편해지는 말은 아니다. 상대방의 슬픔과 괴로움을 달래 주는 적절한 말을 찾기 어렵다면, 어설픈 말보다는 위로하려는 진심을 담은 행동으로 보여주자. 그게 더 큰 울림으로 다가온다.

그리고 위로를 받는 사람에게 덧붙이고 싶다. (나에게 건네는 말이다.)

위로 부적격자들이 건넨 '서툰 위로'를 '무심함'으로 받지 말지어다.

나를 위해 한 말이란 사실만 기억하고, 그 방식이 내 기준에서 적절치 못함은 가볍게 넘어가자.

그게 나 자신을 위로하는 길이기도 하니까.

타인의 힘듦을 함부로 재단하지 않고 있는 그대로 인정하며,

상대방이 슬픔과 괴로움을 꺼낼 수 있도록 애정을 담아 기다려주는 것.

그것이야말로 진정한 위로가 아닐까.

진정한 위로는 어렵다. 위로 부적격자들이 많은 이유이다.

2부

결혼은 신중한 줄, 이혼은 신속할 줄

(나 홀로) 부부 심리상담

4장

이혼, 참을 수 없는 물음의 가벼움

결혼은 신중한 줄, 이혼은 신속할 줄

- 대체 누가 결혼생활을 '안정'의 상징처럼 묘사하는가. 결혼이란 오히려 '불안정'의 상징이어야 마땅하다.
- 결혼은 복잡하게 행복하고 복잡하게 불행하다.

- 임경선 지음, 《평범한 결혼생활》, 토스트, 2021

"결혼, 언제 할 거야?"란 말은 상대적으로 쉽게 하고, 가볍게 듣는다. 반면에, "이혼, 언제 할 거야?"란 말은 하기도 어렵고 듣기도 힘들다. 나는 그 어렵고 힘든 말을 들었다. 지금은 나 자신에게 묻는다. 어떡할래?

나는 매우 신중하게 결혼했다고 생각했다. 먼저 결혼한 친구의 이야기를 들어보고(표본이 딱 1명이었다는 게 함정), 다양한 책을 독파하며, 배우자의 주변 평판도 수집해보고, 가정환경이 어떠한지 집에 가보기도 했다. 심지어 가톨릭 신자로서 신앙심을 내려놓고, 궁합이 안 맞으면 헤어질 각오로 용하다는 곳에 사주를 보러 가기도 했다.

돌아보면 의미 없는 일이었다. 나는 그 많은 정보를 의도적으로 취사선택하고 있었다, 이 사람과 결혼하는 쪽으로. 지금은 아쉬움이 남는다고 하더라도 그 당시에는 최선의 선택이었다. 치명적인 결함이 있다면 헤어진다는 각오는 있었지만, 마음속에는 답을 정해놓고 있었던 거다.

그놈의 딸기우유에 빨대 하나 꽂아준 게 뭐라고, 그까짓 붐비는 지하철에서 손으로 철옹성 만들어준 게 뭐라고. 쳇, 신중하게 결혼한 이유를 돌아보니 시시하기 짝이 없다.

그렇다면 이혼은 어떠한가. 신속하게 할 줄 알았다. 이혼을 해야 할 이유는 최신 유행의 신상 옷처럼 쉼 없이 쏟아지고, 내 주변에 이혼한 친구도 있어 정보를 얻기도 수월했으며(같이 이혼을 논하다가 친구는 이혼을, 난 둘째를 낳았지만), 거기에 이혼 전문 변호사 연락처도 알고 있었다.(상담 시 비용이 발생할 수 있다고 해서 갖고만 있다.) 심지어는 보수적인 우리 아빠도 내 인생이 제일 중요하다며 이혼해도 괜찮다 하셨다.

그런데도 난 아직 이혼을 안 하고 있다. 이 역시 결론을 어느 정도 정하고 있는 건가 싶다. 항우울제를 복용하며 상담 치료로 한 주 한 주 버티고 있는데도 말이다. 흥, 이혼 사유는 매우 합당하고 논리적이지만 도

무지 신속하게 진행하지 못한다.

직장인이 마음속에 항상 '퇴사'를 담아두듯, 결혼생활에서 '이혼'은 언제나 가슴 한편에 묻어둔다. 하지만 결심이 곧 실행을 의미하진 않는다. 그 사이에는 간극이 있다. 퇴사를 생각하는 것은 다양한 이유가 섞여 있으며, 결심이 곧바로 사직서를 제출하는 행동으로 이어지진 않는다. 마찬가지로 이혼을 결심하는 사유는 입체적으로 차곡차곡 쌓여가지만, 배우자에게 이혼 서류를 함부로 들이밀지 않는다. 암묵적이지만 합의된 약속이다. 한번 실행에 옮기게 되면, 이전으로 되돌리기가 어렵기 때문이다.

직장에는 '월급과 사회적 구실'이란 끈에 묶여있다면, 결혼에서는 '애증과 아이'란 연결고리를 쉽게 끊기 어렵다. 피할 수 없으면 즐기라는데, 그건 못 하겠고 피할 수 없으니 견디고 있는 거다. 꾸역꾸역.

결혼생활 10년. 결혼과 이혼 사이에서, 나와 우리를 돌아본다

그렇다면 왜 결혼도, 이혼도 내 의도와는 다르게 흘러가고 있는가. 그 이유를 생각하면, 나란 사람이 '관성의 법칙'에 충실해서인 듯싶다.(다른 말로는 '못 먹어도 고'가 있겠다.) 외부에서 힘을 가하지 않는 한 모든 물체는 자기의 상태를 그대로 유지하려고 하는 것. 현 상태가 어떠하든 무언가를 시작하는 것도, 멈추기도 어려운 사람이다, 나란 사람은. 하다못해 액정이 깨지고 오래돼서 배터리가 3시간밖에 못 가는 휴대폰을 바꾸는 일조차 머뭇거린다. 심지어 누가 사준다는데도 미적거린다. 그냥 그게 익숙하다는 이유로 말이다.

'학습된 무력감'이란 말이 있다. 어린 코끼리가 처음 서커스단에 와서 다리에 쇠사슬을 묶어두면 저항하다가 결국 순응하게 되고, 어른 코끼리가 되어서는 부실한 줄로 묶어두어도 도망치지 않는다. 그 이유는 어떻게 해도 그 족쇄를 풀 수 없음을 각인했기 때문이다.

하지만 정말 그게 다일까? 비록 그 족쇄를 풀 힘이 생겼지만, 사람에 의해 길들어진 코끼리가 하루아침에 야생으로 돌아가는 게 주저되지는 않았을까. 불확실한 행복을 택하느니, 익숙한 불행에 안주하는 게 더 쉽다.

강산도 바뀐다는 세월, 한 분야의 전문가가 될 수 있다는 1만 시간의 법칙. 거기에 한 가지 더, 통상적으로 결혼의 기여도를 따져볼 때 유리하게 작용할 수 있는 최소기준 10년.

호기심은 강하고 지구력은 약한 내가 결혼생활 10년을 넘긴 이 시점에서 돌아본다. 강산도 바뀌는데 우리는 그대로고(더 나빠졌을지도), 하루에 3시간 이상씩 투자했음에도 서로에 대한 전문가가 되지 못했으며(결혼생활이 지속될수록 상대를 더 이해할 수 없다는 게 정설), 헤어져도 성급한 판단이라고 말하기는 어려운 세월 10년이 지났다.

결혼생활에 11년째인 지금, 나는 결혼과 이혼 사이에서 어디에 있어야 하며, 어디로 가야 할지를 고민해보고 있다. 평소에는 인생을 절전모드로 사는데, 지금은 그렇게 비축한 에너지를 쏟아 고찰해야 할 때인 듯하다. 실제로 달라지는 것은 아무것도 없을 수 있다. 관성의 법칙에 충실한 나니까. 그럼에도 불구하고 내 마음을 찬찬히 들여다보고, 내가 스스로 선택하기 위해 자세히 살펴보려 한다. 그것이 다시 10년 후, 현재 나의 선택에 아쉬움을 줄이는 방법이기 때문이다.

다소 난해하게 행복하고,

매우 복잡하게 불행한 나의 결혼생활에 신중하게 임해 본다, 이제라도.

언제가 될지는 모르지만,

이혼하게 된다면 신속하게 진행하기 위해 미리 이혼을 생각해본다, 앞으로는.

결혼은 신중하게 한 줄 알았고,

이혼은 신속하게 할 줄 알았다.

그게 내 마음 같지 않다는 것을

결혼하고 10년이 지나서야 알았다. 젠장.

예상보다 가벼운 질문
“이혼, 생각해본 적 있나요?”

이렇듯 힐링과 공감에 지친 이들에게 필요한 심리학적 대안이 자기연민, 셀프 컴패션(self-compassion)이다. 여기서 연민은 나를 불쌍하게 여기는 것이 아니다. 공감이란 기술을 넘어서 내 약점과 한계를 그냥 이해하고 꼭 품어 사랑해주는 것이다.

- 윤대현 지음, 《일단 내 마음부터 안아주세요》, 위즈덤하우스, 2019

“신랑이 이혼하자고 해요.”

점심 먹다가 재채기하듯 불쑥 나와버린 나의 말에, 동료는 평범한 일상이라는 듯 심드렁하게 대답했다.

“그럴 땐, 못 한다고 하지 말고 지금 당장 법원 가자고 해. 나도 몇 번 해봤어.”

그녀의 말보다 태도에 놀랐다. 초연하게 받아치는 저 여유로움은 어디서 나오는가. 결혼 25년 차 연륜에서 느껴지는 태연함에 존경심마저 들었다.

의외의 대답에 주변에서 표본을 더 구해보기로 하고, '이혼을 생각해보신 적 있나요?'란 질문을 던졌다. 친구, 동료, 선배, 후배 등등 이혼을 생각해본 경험이 없는 게 이상하다며, 대부분 사람은 한 번씩 이혼 서류도 써봤다고까지 했다. 마치 식당에서 백반 주문하듯 대수롭지 않게 넘긴다. 묘한 동질감을 느끼며 헛헛한 쓴웃음이 돈다.

나의 호기심은 여기서 그치지 않는다. 외국인에게도 물어본다. 매일 아침 전화영어 하는 영국인이 나에게 딸 하나 더 낳으면 어떠냐는 제안에 이렇게 운을 띄워본다.

"충분합니다. 전 아들이 셋이거든요. 남편이 큰아들이에요."

"Oh~ big baby!! I agree with you!!!"

문화와 인종을 초월하는 공통점이자 어머님 아들로 대동단결한다. 진정한 의미의 큰아들. 결혼 전에 '관심 많던 아는 오빠'가 결혼 후 '관심 고픈, 큰아들'이 되는 경험을 나만 하는 게 아니라는 사실에 안도한다.

내가 진짜 원하는 게 뭔지 아는 것

당연히, 매주 가는 상담 선생님께도 이 화두를 던져봤다.

나 저, 이혼할까 생각해봤어요.

선생님 (웃으며) 잘 생각해봐요. 진짜 이혼할 생각이었으면 여기 와서 저에게 얘기할까요? 아니에요. 법원에 가지 왜 상담을 와요. 그렇죠?

나 …

선생님 자신에게 진실해야 해요. 진실하다는 것은 생각과 행동이 일치한다는 거예요. 자신의 감정을 속이면 안 돼요. 나다움 님은 그것을 자기도 모르게 잘하고 있어요. 잘 살펴봐야 해요.

나 나 자신에게 진실하려면, 내 감정을 속이지 않으려면 어떻게 해야 할까요?

선생님 감정에 이유를 찾지 마세요. 예를 들어, 오늘은 일이 하기 싫어요. 그럼 '그냥' 안 하고 싶은 거예요. 나다움 님처럼, 내 체력이 부족하여 집중력이 떨어지는 것 같으니 운동을 더 해야겠다 등의 수식어를 붙이지 마세요. 그냥 안 하고 싶고, 그래서 어쩌라고! 이런 자세가 필요해요. 자신의 감정을 부정하지 않고 그대로 인정해주는 것은 사소한 듯하지만 중요한 겁니다.

세상에서 제일 어려운 게 내 마음을 알아채는 일이다. 다른 사람의 표정과 습관에 근거해서 상황을 파악하는 일은 누구보다 잘한다. 반면에 내 마음은 유독 모른다. 보통은 익숙한 습관대로 행동하고 생각해버린다. 그래서 요즘엔 자꾸 물어본다. 특히 상담 선생님을 비롯한 친한 사람들에게 내가 어떤 생각일지, 어떤 감정일지, 더 나아가 어떻게 행동하면 좋을지 TMI를 쏟아내며 의견을 물어본다. 나보다 더 잘 알 리가 없는데도 자꾸 묻는다.

나에게 진실하기 위해서, 내 마음이 어떤지 단순하게 생각해보기로 했다. 그러다가 책에서 나의 마음을 써놓은 듯한 구절을 발견했다.

> 자신의 욕구와 의지를 억누르고 누군가에게 복종하거나 타인에게 무조건 베푸는 것과 관련 있는 심리 도식입니다. 이런 심리 도식을 지니고 있으면 늘 참기만 하고 정작 자신에게는 소홀히 하기 쉽지요.
>
> [내 자리를 지키려면 무조건 시키는 대로 해야 해.]
>
> [나만 참으면 전부 잘 풀릴 거야.]
>
> [다른 사람한테 베풀어야 나한테 가치가 있는 거야.]
>
> [괴로워하는 사람을 보면 내가 힘드니까 도와주자.]
>
> **- 이토 에미 지음, 호소카와 텐텐 그림, 《나를 돌보는 책》, 다다서재, 2021**

오늘도 정작 나에게 소홀하며, 나의 진심을 알기 어려워한다. 한여름에 선풍기 대신 찜질기를 애용하는, 시린 뼈들을 달래 가며 일하는 내가,

(나에 비해 멀쩡한) 타인의 직장생활을 걱정하며 대비책을 고민해준다.

이런 나의 말을 지혜로운 후배는 "암요 암요"하며 성실히 들어준다. 대신, 집에 돌아가서는 카톡으로 이렇게 말한다.

"나부터 챙기자! 10번 외치고 주무세요. '나는 자기연민이 필요해' 하면서요. 아셨죠?"

배시시 웃고 만다. 어쩌면, 내 문제는 정작 들여다볼 용기가 없어서 타인의 문제에 더 몰두하고 있었는지도 모른다. 그렇게 나를 또 속일 뻔한 나에게, 후배의 주문(?)은 익숙한 심리 도식에서 꺼내 준다. 나보다 나를 더 아껴주는 사람들 덕분에 나를 아끼는 법을 알아간다.

덧. 멀리 떨어져 있는 친한 친구와 전화로 이혼에 대해 한참 얘기했다. 누가 누가 더 극한 상황인가 내기에서 한 치의 양보도 없는 치열한 공방 끝에, "애가 무슨 죄니. 우선 이번 한 번만 참아보자. 한 번만 더 그러면 그땐!!"으로 잠정 결론을 냈다.

일주일 후, 근황을 물으니 시어머님께 이혼하겠다고 직접 말했던 친구는 신랑이 예약한 펜션에서 아이와 함께 주말을 보냈단다.(그래서 난, "그럼 그럼! 예약한 건 가야지. 취소하면 수수료 돈 아깝지."로 호응해줬다.)

주말에 당장 이혼하자며 5시간 끝장 토론하고 격하게 싸우던 신랑과 나는 다음날 마트에 함께 가서 한 달 치 장보기를 했다.(이에 친구는 "먹고는 살아야지. 잘했어 잘했어!"로 응원해줬다.)

나의 이 근황 토크를 들으신, 우리 상담 선생님은 한마디로 이 상황을 정리하셨다.

"지금 뭐 하는 건가요? 하하하. 귀엽네요, 귀여워."

그렇다, 결혼생활은 간간이 '귀엽고',

때로는 '역귀엽다'. ('역귀엽다'는 영어의 연음처럼 재빠르게 발음해본다.)

특히 '역귀여울 때'는 내 감정을 속이지 말지어다.

이유를 찾지 말고 그냥 그렇다고 인정해보자.

뭐, 어쩌라고!

심리상담 이야기 ❶

마음이 아플 때 어디를 가야 하냐고 물으신다면

정신 질환은 유전적, 환경적, 생물학적인 다양한 요인에 의해 발생하는 질환입니다. 본인의 의지로 혈압과 혈당을 낮추기 어려운 것처럼 정신건강의학과적인 증상도 마찬가지입니다. 개인의 노력만으로는 증상을 호전시키기가 굉장히 어려워서 꾸준한 치료가 중요합니다.

- 닥터프렌즈 지음, 《내 이웃집 의사 친구, 닥터프렌즈》, arte(아르테) , 2021

뷔페에 가는 날, 나는 어김없이 오버핏 원피스를 입고 간다. 마치 수영선수가 마찰을 줄여 최대 기량을 선보이기 위해 수영복을 연구하듯, 복부에 압박이 전혀 없는 원피스야말로 최단 시간에 많은 음식을 섭취하는 데 최적임을 경험으로 알아냈다.

뷔페에 갈 때 전략을 세울 만큼 주도면밀하지만, 소화기관은 취약하고 식탐은 많기에 배탈이 나곤 한다. 장염 등 소화기 질병에 걸릴 때는 내과 진료를 받고 약을 먹곤 하지만, 병원에 자주 간다고 해서 소화기관이 튼튼해지지는 않는다. 긴장된 상황에서 배탈이 잘 난다는 점을 경험상 알았고, 어떤 음식을 먹으면 탈이 나는지 체크하고 주의하며, 장기적으로는 면역력 강화를 위해 영양제를 챙겨 먹는 등의 노력을 한다.

내가 번아웃, 우울증으로 정신의학과에 가는 것은 장염에 걸려 내과에 가는 것과 비슷하다. 나에게 큰 고통을 주는 생물학적 증상을 완화하기 위해 병원에 가서 치료를 받는다. 일상을 회복하고 유지하기 위해 전문의를 찾아 진단 받고 약물치료 등을 통해 빠른 회복을 도모한다.

하지만 이것만으로는 부족하다. 내 소화기관이 약한 것을 알고, 근본적으로 개선하여 일상이 무너지는 상황을 예방하듯이, 심리상담을 받는 것은 내가 섬세한 사람임을 인지하고 나를 알아가는 과정을 통해 마음의 회복탄력성을 키우는 장기적인 활동이다.

정신과냐 심리상담이냐, 그것이 문제로다

나는 전문가의 도움을 받아야겠다고 생각한 후 정신건강의학과와 심리상담센터 중 어디를 가야 하나 한참을 고민했다. 결과적으로 심리상담을 먼저 했고, 정신과 비약물 치료를 거쳐서 지금은 심리상담과 정신과 약물치료를 병행하고 있다.

정신의학과와 심리상담센터를 찾는 목적은 본질적으로 같다. 이곳을 찾는 이들을 '현재보다 평안한 상태를 만들기 위함'이라고 본다. 전문가가 아닌 경험자의 측면에서 본 다른 점은 정신의학과는 '즉각적인 증상 치료'를, 심리상담은 '장기적인 원인 치유'에 방점을 둔 것으로 생각한다.

호르몬 등의 영향으로 생기는 생물학적 문제는 정신의학과에서, 과거 사건이나 감정 때문에 발생한 심리적 문제는 심리상담센터에서 다룬다는 자세로 간다. 그러면 정신의학과에서 의사 선생님이 짧게 진료를 본다고 해서 섭섭하지 않고, 심리상담 후 즉각 효과가 나타나지 않아도 괴로워하지 않는다. 지향점이 다르기에 방법도 다르며, 두 가지 모두 필요한 것으로 생각한다.(물론, 정신의학과에서 의사 선생님께서 심리상담까지 병행해 주는 일도 있지만 현실적으로 많지 않기에 논외로 하였다.)

오늘은 점심에 뷔페에 가기에, 전날 원피스를 미리 꺼내놓았다. 위·장이 약한 것을 겸허히 받아들이고, 그것을 대비하여 많이 먹을 때는 헐렁한 옷을 입는다. 나는 준비성이 철저한 사람이다. 마찬가지로 마음이 섬세한 것을 순순히 인정하고, 쉽지 않은 일상을 버티기 위해 주말에는 약물치료를 위해 정신과에 가며, 주중에는 나를 알아가기 위해 심리상담센터에 간다. 부끄러운 사람이 아니라, 부지런한 사람이다. 이렇게 스스로 한 번 더 다짐해본다.

내 안에 담아둔 너의 만행을 고하러 간다

대부분 사람은 본인이 얼마나 힘들게 살아가고 있는지 타인이 헤아려주길 바라면서도 속마음을 쉽게 드러내지는 않는다.

삶의 비애를 구구절절 늘어놓으며 심중에 묻어둔 감정을 투명하게 보여줬다가 혹여 상대가 "아니, 겨우 그런 일 때문에 힘들어하는 거야?"라는 식으로 가볍게 반응할 경우 마음만 다칠 수 있기 때문이다.

- 이기주 지음, 《마음의 주인》, 말글터, 2021

"선생님, 저 오늘도 일러바치려고 왔어요. 세상에, 지난 월요일엔 말이죠…."

심리상담 선생님이 지난주는 어떻게 보냈냐는 질문이 떨어지기가 무섭게 한 주간의 근황 토크에 빠진다. 물론 매번 그러는 것은 아니다. 상담센터에 가서 이 부분에 관해 말해봐야지 하고 계획하고 적어갈 때도 있다. 하지만 대부분은 심장에서 바로 끌어올린 듯한, 날것 그대로의 단어를 별도의 큰 여과 과정 없이 쏟아낸다.

내가 심리상담을 받는다고 하면, 주변에서는 왜 하는 건지, 무슨 효과가 있는지를 제일 많이 묻는다. "일주일간 마음에 담아뒀던 일을 고자질하러 가요."라고 답하면, 친한 사람들에게 말하면 되지 않냐며 반문하는 사람도 있다.

나에게 주변 지인과 대화하기를 추천하는 이들은 '보통의 대화상대'로 친구를 권유한다. 학창 시절에야 대부분 시간을 함께 보내며 공통관심사도 있고 일상을 자연스레 공유하기에 속마음을 툭 털어놓기도 쉽다. 하지만 직장생활을 하는 워킹맘은 애 키우며 각자의 생활에서 치열하게 전투하다가 뜬금없이 친구에게 연락해서 "나 요새 이래서 힘들어."라고 말하는 것은 어렵다. 거기에 힘든 일은 (1년에 한 번 있을까 말까 하면 좋으련만) 예측 불가이고 시시때때로 빵빵 터지기에, 그때마다 연락해서 본인 고충을 토로하기란 말하는 이도 듣는 이도 고역이다.

그렇다면 그 외에는 누가 있을까? 직장에서 만난 사람들은 정글 같은 조직의 섭리상 '오늘의 내 편이 내일의 적'이 될 수 있음을 알기에 마음을 터놓고 얘기하는 것은 상당히 위험하다. 아이를 키우며 만나게 되는 인연들도 육아에 무심한 배우자로 대동단결했다가 아이의 성장과 나의 상황에 따라 자연스레 그 관계가 느슨해지기 쉽다.

누군가에게 내 마음을 털어놓는다는 게 쉽지 않음에도 어쩔 수 없이 주변의 누군가와 진솔한 대화를 하고 돌아오는 길은 생각보다 시원하지 않다. 너무 내 얘기만 한 것은 아닌지 대화를 복기하며 반성하고, 수고로운 하루를 보냈을 누군가에게 응원은 못할망정 내 짐을 얹어준 것은 아닌지 상대에게 미안한 감정마저 든다. 이래저래 나이가 들수록 내 마음은 시도 때도 없이 무너지는데, 얘기할 사람은 점점 줄어든다.

심리상담을 대하는 나의 자세

심리상담의 장점은 여러 가지가 있지만, 속마음을 그대로 터놓을 수 있는 안전한 곳이라는 게 가장 좋다. 비밀보장은 물론이고, 상담 선생님들은 신뢰할 수 있는 훈련된 청자로서 내담자의 이야기를 잘 들어주신다. 타인의 상황 및 반응에 따라 대화 주제와 방향이 정해지는 사회적 대화와 달리, 내가 꺼내고 싶은 이야기를 마음대로 할 수 있다는 게 매력적이다. 거기에 약간 냉정한 이야기이긴 하지만, 어쨌든 상담 비용을 낸 내담자는 심리상담사와 약속된 시간을 확보한 것이고, 그 시간만큼은 온전히 나만 생각하며 이야기를 해도 괜찮다. 그렇게 털어놓고 돌아오는 길에 너무 내 위주였는지를 반문하지 않아도 된다는 뜻이다.

심리상담센터는 그렇게, '수다 떨러 간다.'라는 마음으로 가볍게 간다. 공부, 운동 등 대부분의 일이 그러하듯 처음부터 너무 거창하게 시작하면 계속하는 게 쉽지 않다. 영단어 한 개를 외우고 전교 1등을 바라고, 스트레칭을 시작한 사람이 초콜릿 복근을 꿈꿀 수는 있지만 당장 현실이 되긴 어렵다.

심리상담도 마찬가지다. 상담을 받는다고 해서 나조차도 잘 모르는 내 무의식에서 기반한 많은 심리적 문제들이 한꺼번에 눈 녹듯 사라지지는 않는다. 상황에 따라서는 오히려 심리상담 후 불편한 감정들이 올라와서 힘든 날도 분명히 있다.

그런데도 내가 매주 심리상담센터를 가는 이유는 단 하나이다. 내 마음을 그저 아무 생각 없이 터놓을 수 있는 안전한 곳이기 때문이다. 자연스레 대화하며 내가 가진 인지적 오류, 편협한 생각, 왜곡된 사실, 방어기제 등을 알아가며 조금씩 편해지는 마법을 경험한다. 거기에 기존의 소통 방법 등을 되짚어보고, 믿을 수 있는 심리상담 선생님과 연습을 하며 아이가 걸음마를 떼듯 한 발 한 발 나아간다. 그렇게 만든 심리적 근육으로 다시 약육강식의 험난한 현실을 버텨낼 힘을 비축한다.

난 오늘도, (잘생긴) 남편의 만행을 낱낱이 고발하러 심리상담센터에 간다.

5장

부부, 갈수록 어려운 사이

퍼스널 성격, 여름 쿨톤 부인과 겨울 쿨톤 남편이 만나면

사랑이란 생활의 결과로써 경작되는 것이지 결코 갑자기 획득되는 것이 아니다. 한 번도 보지 못한 사람과 결혼하는 것이, 한 번도 보지 않은 부모를 만나는 것과 같이 조금도 이상하지 않은 까닭도 바로 사랑은 생활을 통하여 익어가는 것이기 때문이다.

- 신영복 지음, 《감옥으로부터의 사색》, 돌베개, 2018

퍼스널 성격, 여름 쿨톤 부인과 겨울 쿨톤 남편이 만나면?

안 맞는다, (자주) 안 만나는 게 답이다. '퍼스널 성격'이 여름 쿨톤인 나와 겨울 쿨톤인 신랑이 만났을 때 이야기다.

얼마 전 '퍼스널 컬러(Personal color)'를 진단받았다. 사람의 피부 톤과 가장 어울리는 색상을 찾는 색채학 이론인데, 색을 웜(warm)·쿨(cool)/ 봄·여름·가을·겨울로 나누어 진단한다. 자신에게 제일 잘 어울리는 색을 알고 옷이나 화장품, 장신구 등을 살 때 참고한다. 동시에 안색이 탁해 보이는 색을 피하는 것도 도움이 된다.

평소에 나는 '봄 웜톤'으로 생각하고 있었는데, 의외로 진단 결과 '여름 쿨톤'이었다. 그제야 설명할 수 없던 것들이 이해되기 시작했다. 게다가 생각보다 나의 직감은 정확했다.

코랄색이 마음에 들어서 비싸게 샀던 알파카 코트를 한의원 갈 때 딱 한 번 입고 안 입었던 이유, 복직한다고 큰맘 먹고 산 베이지색 트렌치코트가 손이 안 가던 까닭. 나에게 안 어울리는 걸 직감적으로 알았나 보다.

퍼스널 컬러를 진단하는 것은 나를 더 자세히 알아가는 과정이었다. 매일 보는 얼굴이지만, 정작 내 피부 톤과 어울리는 색상이 무엇인지에 대한 고민을 한 적은 없다. 부모님이 어릴 때부터 동생과 비교해 나를 까만 피부라고 했기에 그런 줄 알았고, 친구들이 머리색이 까맣다고 염색을 권유하기에 그렇게 믿었다. 그렇게 주변의 평가가 곧 사실이라 믿고 지내왔다.

실제로 진단 결과, 내 피부는 오히려 밝은 편이었고, 머리색은 흑갈색이었다. 나의 피부 톤을 안다는 것은 얼굴이 까맣다, 하얗다 등의 타인의 평가에 휘둘리지 않음을 의미한다. 객관적인 내 머리 색깔을 안다는 것은 타인이 지나가는 말로 염색을 권유할 때 고민할 필요 없고, 나에게 지금 머리색이 최선이라는 것을 알고 나면 안정감이 든다.

나를 아는 만큼 타인의 어쭙잖은 참견을 확실히 물리칠 수 있다. 사랑하는 연인에 대한 정보를 알아갈수록 해주고 싶은 게 늘어나듯이, 나를 알아갈수록 나에게 해줄 수 있는 게 많아진다.

동시에 나를 위해 안 하면 좋은 게 무엇인지 아는 게 기쁘다. 한참 스모키 화장이 유행일 때, 강렬한 카리스마 눈빛을 생각하며 했던 메이크업이 판다 눈이 되어 안 어울린 이유를 이제야 제대로 알았다. 화장을 못 하는 똥손인 내 탓보다는, 눈동자와 머리색의 명도 차가 적은 탓에 안 어울린 선천적인 이유였다.

타인이 발랐을 때 예쁜 베스트셀러 화장품과 유행이었던 버건디색 옷이 안 어울렸던 이유도 내 얼굴이 못나서라기보다(일정 부분 그렇기도 하겠지만) 단지 나랑은 안 어울리는 색이어서 그런 거다.

서로 다르다는 것을 인정한다는 것은

개인마다 제일 잘 어울리는 퍼스널 컬러가 있듯이, 사람 간의 관계에서도 '퍼스널 성격'에 잘 어울리는 조합이 있다고 생각한다.

퍼스널 컬러에서 내가 여름 쿨톤이면, 가을에 유행하는 카키색, 무난

한 베이지색 등 대다수가 좋아하는 가을 웜톤색은 어울리지 않는다. 얼굴이 처져 보이고 옷과 내가 따로 노는 듯한 느낌이다.

사람과의 관계, 퍼스널 성격에서도 그런 듯하다. 아무리 많은 이들에게 좋은 사람이라 해도 나와는 맞지 않을 수 있다. 그럴 때 내가 잘못된 건 아닌지 성급하게 반추하기보다는, 타인의 흠을 찾아내려 혈안이 되기보다는, 그저 어울리지 않는다 생각한다. 퍼스널 컬러와 맞는지, 안 맞는지 살피듯, 간단히 나와 어울리지 않을 뿐이라 결론을 내고 더는 곱씹지 않는다. 거기에 내가 알고 있는 '나'를 기준으로 인간관계를 선택할 때도 확신하고, 나와 불편한 사람과 거리를 둘 수 있는 용기를 가질 수 있다. 아무리 유행이라도 나의 퍼스널 컬러와는 상극인 카키색 아우터를 사지 않는 것처럼 말이다. 나를 제대로 알면 무엇을 선택하든 확신을 가질 수 있다.

신랑과 나의 퍼스널 성격은, 안타깝게도 최적의 관계 조합이 아니다. 나는 여름 쿨톤, 신랑은 겨울 쿨톤 정도 되겠다. '쿨톤'인 것은 공통점이나 '여름'과 '겨울'이라는 극명한 계절의 구분은 극복할 수 없다고나 할까. 퍼스널 컬러 진단처럼, 퍼스널 성격 진단을 할 수 있었다면 좋았겠지만(그랬다면 서로를 위해 결혼을 안 했겠지만) 안타깝게도 11년의 결혼생활 경험치로 베스트 조합이 아닌 것을 알게 되었다.

그렇다면 어떻게 해야 다름에서 오는 갈등을 최소화할 수 있을까. 심리상담 선생님과 제일 많이 했던 이야기가 떠올랐다.

선생님 나와 타인을 구분하는 것은 중요해요.

나 글쎄요, 잘 모르겠어요. 어떻게 구분해야 하는지도 사실 잘 모르겠고요.

선생님 저 사람은 저럴 거야, 하고 속단해서 갈등이 생기는 경우가 많지 않나요? 또 이 사람은 이래야 해, 하는 기대가 충족되지 않을 때 실망하지 않나요? 그게 다 나와 타인을 동일시하기 때문에 생기는 일이에요.

나 …

선생님 방법이 있어요. 간단해요. 상대에게 물어보면 돼요. 그 사람이 나와 다르다는 것을 인정하며, 내 경험에 비추어 추측하지 않고, 상대에게 물어보고 확인하면 됩니다.

그래, 신랑의 성격이 가을 웜톤이 아닌 게 어디냐.(가을 웜톤은 나와 최악의 조합이다.) 그나마 '쿨함'이란 공통점을 가진 우리 부부. 지금처럼 치열하게 싸우되, 서로의 차이는 쿨하게 인정한다.

퍼스널 컬러를 진단받기 전에도, 나에게 잘 어울리는 것과 어울리지 않는 것을 완벽하진 않아도 직감적으로 알아서 현명한 선택을 한 것이 입증되었다. 신랑도 '직감'으로 선택한 사람이기에 나의 선택을 조금 더 믿어보기로 한다.

덧.

퍼스널 컬러를 진단할 때 참고할 만한 연예인을 함께 추천해주셨다. '심은하' 씨와 이미지가 유사하여 스타일링 시 참고하면 좋을 것 같다고 하셨다.

나와 퍼스널 성격이 잘 맞는 지인에게 이 기쁜(?) 소식을 전하며, 퍼스널 컬러에 딱 맞는 립스틱을 바르고 사진을 보내자 "심은하도 울고 가겠다아~"라며 나의 기쁨을 유지하도록 애써주셨다.

살면서, 퍼스널 성격이 잘 맞는 사람이 주변에 있다는 것은 참 좋은 일이다. 그 사람이 인생의 반려자이면 최선이겠지만(그것까지는 바라지 않겠다), 반려자와 최악의 조합이 아니라는 사실에 안도한다.

좋은 면만 보고 살기에도 바쁜 세상이다.

나는 좋은 면만 보련다.

나는 심은하 '이미지'이다. 하하하.

나를 발견하는 기쁨과 슬픔

'두 걸음 전진, 한 걸음 후퇴'를 반복한 결과, 내가 얻은 거였지.

하루 이틀 괜찮은 날들이 일상 속에 생겨나더니,

커다랗게 느껴졌던 우울감과 불안감이 차차 수그러들기 시작했어.

- 샬럿 리드 지음, 박다솜 옮김, 《행복으로 가고 있어》, 알에이치코리아, 2020

나는 선인장도 말려 죽이는 사람이지만, 베란다에 식물이 그득하다. 우연히 산 튤립 하나로 시작한 식물 수집. 내 손에 들어오면 조만간 사망 예정인 것을 알면서도, 식물 구매의 즐거움에 빠졌다. 요즘엔 마트에 가서 식재료를 하나 덜 사고 화분을 추가하며 기뻐한다.

수많은 식물과 작별하며 깨달은 게 하나 있다. 나는 식물 '돌보기'에 관심이 있기보다는 식물 '예쁘게 심기'가 즐거웠다. 평범한 플라스틱 화분에 낱개로 심어진 식물을 집으로 데려와 예쁜 식물들을 화분에 한데 모아 적절히 배치하여 심고, 예쁜 돌로 장식하며 이름표를 달아주는 그 행위 자체를 좋아했다. 당연히 식물에 적합한 생육환경 따위는 안중에 없고, 어떤 화분이 이 식물의 색과 어울릴까를 더 고민했다. 이것은 경험이 쌓여 알아낸 사실이었다.

심리상담 역시 거창한 목적을 가지고 시작하지 않았다. 해보지 않은 것에 대한 호기심과 현실을 좀 더 수월하게 버티는 방법으로 시도해본 것이다. 상담을 거듭할수록 알게 되었다. 나는 상담을 통해 '무엇을 얻겠다'라는 생각보다는 상담 선생님과 '이야기하는 것' 자체를 좋아한다는 사실이다. 신뢰할 수 있는 안전한 대상과 깊이 있는 대화를 나누는 것이 즐거웠다. 동시에 내가 모르던 나에 대해 알아간다는 것이 매번 즐거운 일은 아니라는 것도 깨달았다. 제대로 말리지 않고 구석에 처박아 둔 빨래를 꺼내 햇빛에 널 듯, 당장은 꿉꿉하고 퀴퀴한 냄새가 나더라도 말리고 나면 뽀송해질 것을 믿고 반복한다.

심리상담센터에서 무엇을 하는가?

심리상담을 하면서 나를 쉽고 객관적으로 드러내는 방법으로 '심리검사'를 하기도 한다. 강제 사항은 아니지만, 상담 과정에서 필요하다고 생각되면 상담 선생님과 의견을 교환하고 진행한다. 보통 '기질 및 성격 검사(TCI)'를 많이 하고(나 역시 실제 정신과 진료 첫날 했던 심리검사), 요즘 인기 있는 'MBTI'도 나를 알아가는 데 도움이 되었다. 비교적 간단한 '문장완성검사'처럼 주관식으로 풀어가는 것도 있다. 규정하기 힘든 한 사람의 성격, 기질 등을 규범화된 틀에 넣어 설명하는 게 어려운 일이지만, 추상적인 나를 구체화하는 데 도움이 된다.

심리검사를 하고 나면 한 가지 주의해야 할 점이 있다. '나는 이런 사람이야.'라고 정의 내린 채 고정불변한 것으로 보지 않는 것이다. 예를 들어, 나는 MBTI 검사 결과 INFJ로, 내향형(I)이다. 내향형은 보통 대면보다는 서면을 선호하는 것이 특징이다. 그렇다고 해서 사람을 만나는 게 항상 부담스럽진 않다. 내가 마음이 건강할 때는 차분하고 신중하게 사람들과 소통한다. 하지만 일방향적일 때는 쌀쌀맞아 보이거나 지나치게 속으로 삭이는 경향이 있는 것도 사실이다.

내가 내향형이기에 자꾸만 사람을 만나는 것을 꺼리고 이를 고착화하는 것은 심리검사를 잘못 이해한 것이다. '외향이 좋은 거고, 내향은 나쁜 거야'라고 이분법적으로 나누지 않고, '이런 특징이 있으니까 좋을 때는 이런 모습이, 여유가 없을 때는 저런 모습이 나타날 수 있구나' 하고 나를 알아가는 차원에서 접근한다. 즉 '난 내향형이라서 사람들을 안 만나.'가 아니라 '난 내향형이라서 에너지 방향이 내면에 있으므로 시간이 필요해'라고 인식하는 게 좋겠다. 낯선 사람들과 만난 날 내 에너지가 금방 고갈되는 것은 내가 뭔가 잘못된 게 아니고, 친화력을 강화하기 위해 어떤 기술을 익혀야 하는 것도 아니다. 그저 내가 기질상 그런 사람이라는 것을 인정하고, 그런 날은 나를 위해 충전의 시간을 별도로 가지면 된다. 그렇게 나를 온전히 받아들이면, 나에게 너그러워질 수 있고 스스로 사랑할 수 있다.

'식물 킬러'인 내가 지향하는 바(식물 심기)와 행동 패턴(심고 나서 별 관심 없음)을 알고 나서는, 오히려 식물이 내 집에 머무는 기간이 길어졌다. 아직도 식물의 생존 기간보다는 나의 심미적 만족을 위해 식물을 집 안에 들이지만, 나의 주안점을 깨닫고 그 식물에 적합한 환경이 무엇인지 고민해보고 식물 식재에 돌입한 까닭이다. 식물살해자로서 죄책감을 덜 느낀다.

즉, 내가 식물을 돌보는 데는 큰 재능이 없음을 깨닫고, 이 식물과 함께하는 기간이 그리 길지 않을 수 있음을 미리 인지한다. 최대한 그 식물에 관해 공부는 하되 내가 좋아하고 잘하는 식물 심기에 중점을 둔다. 짧은 생애주기로 인한 다량의 식물 구매는 화훼농가 번영에 일조하고 있다는 자부심도 잊지 않는다.

심리상담 역시 마찬가지이다. '나에게만 유독 엄격함'이 특징임을 인지하고 내 기질과 성격, 방어기제 등을 상담하면서 깨닫는다. 심리상담이란 수단으로 나 자신을 알아가되, 내가 좋아하는 '수다 떨기'에 방점을 찍는다. 잦은 망각과 타성을 이기지 못하고 심리상담을 계속하고 있지만, 새로운 분야를 경험하고 있다는 긍지를 되새긴다.

그렇게 나에게 관대한 사람으로 변해간다. 여전히 밤에 자기 전에 나의 행동을 복기하며 반성해야 할 일 10개는 5G 속도로 찾아내지만, 잘한 일 1개 발견은 엘리베이터 안에서 와이파이 잡기처럼 어렵다. 그래도 이런 나를 최대한 이해하고, 이해조차 안 될 때는 그게 나라며 쿨하게 인정하고 넘긴다. 가끔은 버거운 상담이지만 이를 통해 앞으로 나아가고 있다는 사실을 재차 상기한다.

내가 미의 여신 '아프로디테'라는 아들에게, 신랑이 한 말

인생은 나를 찾기 위해 있는 것이 아니다.

자신을 만들어 가기 위해 있는 것이다.

- 헨리 데이비드 소로

"맞아, 엄마는 아프로디테, '앞으로 뒤태'야. 앞으로 봐도 뒤태가 보여. 하하하."

그리스 로마 신화에 한참 빠져있는 아들이 신화 속 주인공 중 엄마 닮은 꼴을 미의 여신 '아프로디테'라고 하니, 신랑이 한 말이다. 아직 아빠의 하이 개그를 감당하지 못하는 아들은 갸우뚱한 표정이다. 나는 순간 웃겨서 빵 터졌다가, 아차 싶어 이내 정색해준다. 이게 일상이라 진심으로 화나진 않는다. 오히려 이런 순간들을 즐긴다고 해야 할까. 나의 절제미(?) 가득한 몸매에 촌철살인을 날릴 때, 이제는 그 재치에 감탄하긴 한다. 희화화되는 대상이 나임에도, 창의력과 유머에 점수를 부여하며 같이 웃고 만다.

엄마가 아프로디테라는 아들의 말에, 내가 "아프로디테의 남편 '헤파이스토스'는 추남인데"라고 어설프게 공격했다가 역공을 당한 것이었다. 이쪽 방면에서는 이길 수 없는 빌런 같은 존재이다, 신랑은.

나에게 남편을 소개해준 동기 언니에게 이런 근황을 이야기했다. 그랬더니 이런 결론을 내린다.

"야, 네가 다 버려놓은 거네. 네가 그렇게 남편 외모 올려치기(?)하고, 남주혁 닮은 꼴이라는 칭찬(언니가 보기엔 '망언'이라 했다)해주고, 기 살려놓은 거네. 니 신랑이 짠하긴 뭐가 짠해. 난 네가 제일 짠하다. 내가 미쳐."

나의 행동 패턴을 되짚어봅니다

그러고 보면 이런 얘기는 비단 지인들에게만 들은 게 아니다. 심리상담 선생님과 비슷한 이야기를 나눈 적이 있다.

선생님 조금 특이한 점이 있어요. 신랑과 갈등 상황에 관해 얘기할 때도 항상 신랑을 칭찬해요.

나 그런가요? 그냥 습관 같은 거예요. 타인에 대한 장점 찾기.

선생님 그건 나다움 님의 좋은 장점이에요. 하지만 여기선 잠시 멈추고, 생각해볼 것도 있어요. 왜 자꾸 칭찬하는가, 특히 남편으로서, 아빠로서 당연히 해야 할 일에 대해서 칭찬을 하는가에 대한 부분이요.

나 글쎄요. 잘하라는 말을 돌려서 하는 걸까요? 잘 모르겠네요. 좀 짠하기도 하고요.

선생님 어쩌면 내가 남편으로서 신랑을 대하는 게 아니라, '엄마의 자세'로 신랑을 보살핀다고 생각하는 게 아닐까요? 그래서 내가 안 하면 못할 거 같아서, 애들 보는 것도, 집안일도 전부 내가 하는 건 아닐까요? 신랑이 할 수 있는 기회를 박탈한다고도 생각할 수 있지 않을까요? 일종의 '교만'일 수도 있어요. 제가 그런 경험이 있거든요.

상담 선생님은 조심스럽게 얘기를 꺼내셨지만, 나는 아차차, 격하게 공감했다. 나도 모르게 나오는 습관이 어쩌면 지금의 나와 상대를 만들었을지도 모르겠다. 특히 '사랑'에 있어서, 속으로는 내가 받고 싶어 하면서도 정작 행동은 챙겨주는 쪽이 아니었나 싶다. 그게 서로에게 굳어진 패턴이라고 생각하니 갑자기 씁쓸해졌다.

산책하다가 '사랑의 신 큐피드 얼굴'이 앞쪽에 새겨진 화분을 발견했다. 화분에 들어차 있어야 할 식물이 없는 빈 화분은 마치 큐피드의 텅 빈 뇌 구조 같았고, 순간 그런 생각이 들었다. 사랑하려면 머리는 비어야 한다고. 잠시 지성과 이성의 끈은 내려놓고 감성과 충동의 컬래버가 있어야지만 가능하다. 예전의 나는 그랬을지 모르겠지만, 지금 나는 매우 이성이 충만한 지성인이기에 사랑과는 거리가 먼 삶을 살고 있다(고 위안한다.)

면을 좋아하진 않지만 어쩌다 한 번씩 느끼한 까르보나라가 먹고 싶을 때가 있듯이, 사랑놀이에 감정을 소진하는 것을 선호하진 않지만 이렇게 찬바람이 불어오거나 주변에서 꽁냥거리는 것을 볼 때면 마음 한편에 서늘한 바람이 불어온다. 쳇.

동기 언니와 즐거운 수다를 아쉽게 마치며 헤어지려는 찰나였다. 눈에 띄는 물건이 하나 보였다. 키링이었다. 가죽공예가 취미인 동생 남자친구가 언니에게 선물해준 거란다. 키링에 '안전 운전', '오늘도 무사히' 같은 문구를 추천하던 동생에게 언니는 수줍게 이 문구를 각인해달라 했다고 한다. 'lovely, YJ.'

난 그것을 보자마자 당사자와 찰떡인 문구라고 했다. 하지만 언니는 이제 불혹의 나이에 약간 쑥스럽다며 손가락으로 각인된 문구를 숨겼다. 그 모습이 더 사랑스러웠다.

우리는 모두 사랑스러운 존재이며, 사랑을 주고받고 싶어 하는 욕구가 있다. 비록 상황이 그 욕구를 다 받아들일 수 없다 하여도, 그 마음마저 부정하고 싶지는 않다. 그런 욕구가 있음을 인정하고, 그런 나를 위해 대신해줄 수 있는 게 무엇인지 생각해본다. 사랑하고 사랑받고 싶은 욕구를 타인(특히 나를 희화화하기 장인, 신랑)에게서 해소하려 하기보다는, 무언가를 바라는 무의식이 투영된 칭찬과 고맙다는 말을 하기보다는, 나 자신이 사랑받아 마땅한 존재임을 인식하고 나부터 나를 사랑하고자 한다.

셀프사랑을 실천하는 의미로, 차가워진 나를 감싸줄 따뜻한 신발을 구매한다. (좋아~ 자연스러웠어.)

덧.

네, 저는 앞태와 뒤태가 똑같지만,

충분히 사랑스러운 '아프로디테(앞으로 뒤태)'입니다. 히히.

그 많던 (내) 민트 초코는 누가 먹었나?

어떤 일이 일어나든 간에 그 일에 대처하는데 필요한 자원을 우리 내면에서 찾을 수 있다는 사실을 기억하세요. 예를 들어 욕정의 유혹에 맞닥뜨렸다고 합시다. 내면에서 자제력을 발견할 기회입니다. 고통을 겪고 있다면 그 고통을 견뎌낼 내면의 힘을 꺼낼 수 있습니다. 누군가에게 모욕당했다고 해봅시다. 마음속에 자리한 인내심을 꺼내 그런 어리석은 자에게 발휘하세요. 규칙적으로 내면의 능력을 훈련하면 인생에서 어떤 일이 닥쳐도 당황하지 않고 침착하게 대처할 수 있습니다.

- 마시모 피글리우치 지음, 방진이 옮김, 《가장 단호한 행복》, 다른, 2019

나 어? 내 민트 초코가 없는데?

남편 그거? 당신 아들들이 다 먹었어. 말려도 소용이 없었다.

나는 우리집에서 민트 초코를 유일하게 좋아했던 사람으로, '치약 먹는 자'였다. '엄마 = 좋아함', '엄마가 먹는 음식 = 좋은 음식'이란 생각의 확장으로 아이들은 민트 초코를 흔쾌히 맛보았다. 그 결과 민트 초코가 더 이상 나만의 전유물이 아니라, 나눠 먹어야 할 음식이 되었다. 그렇게 우리는 '치약 먹는 자들'이 되었다.

이제는 민초파가 다수가 된 우리집 상황을 보며 깨달은 바가 있다. '가정 분위기, 가정교육이 중요하다.'라는 말이 전혀 근거 없는 이야기가 아니란 것이다. 자연스레 민트 초코를 즐기는 엄마를 따라 하면서, 편견 없이 민초를 먹는 아이들을 보며 아차차 싶다. 이렇게 여유 부릴 때가 아니다. 더 늦기 전에 당장 실천해야 한다. 일명 '다정한 남자 만들기: 아들(만)은 이다정 씨로' 프로젝트이다.

이렇게 급박함을 느끼는 데는 이유가 있다. 하루는 큰아들이 만화영화를 보다가 눈을 가리고 이불 밑으로 숨길래 왜 그러는지 물어봤다.

"저거, 무서워. 으으으…."

TV를 보니, 남자가 여자에게 프러포즈하려고 무릎을 꿇고 반지를 건네는 장면이었다. 한참을 보아도 어느 부분이 무서운지 도저히 이해가 안 갔다. 그런데 비슷한 상황이 계속 생겼다. 달달한 말투가 나올 때, 싸우고 나서 따뜻한 말을 주고받으며 화해하는 장면, 포옹하며 하트가 나오는 화면 등 아들이 '무섭다'라고 말하는 것은 일종의 공통점이 있었으니, 그것은 '다. 정. 함.'이었다.

아들은 닭살이 돋고 심장이 약간 오글거리는 듯한 이 감정을 '무섭다'라고 표현했다. 이 상황은 무섭게도 어디선가 본 적이 있는 것 같았으니, 그것은 바로 어머님 아들에게서였다. 다정한 상황이 연출되는 장면을 보면, 내 아들은 '무섭다'라고 하고, 어머님 아들은 '속 시끄럽다' 하며 둘 다 자리를 뜬다. (나는 '환장한다', 허허.)

유전자와 환경의 조합으로 '다정함=무서움'으로 인식하는 아들을 위해서 나는 다정함을 가르치기로 했다. 물론 쉽지는 않았다. 울고 있던 엄마의 울음을 그치게 해주고 싶은 단어로 아들이 고른 것이 '시끄러워!'였으니. 그 시작이 쉽지 않았음을 고백한다.

그렇다고 포기할 수는 없었다. 이대로 성인이 되었다가는 아빠처럼 자랄 것이 자명하고, 아들의 '선천적 다정함 알레르기'를 순순히 받아들일 (나 같은) 여자가 과연 또 있을까 싶었다. 미래의 며느리에게 욕먹지 않으려면, 행동해야 했다. 며느리 남편을 이다정 씨로 만들기로.

아들에게 가르치고, 내가 배운다

무엇부터 해야 하나 고민하다가 시작은 "괜찮아?"로 했다. 예를 들면 이런 거다. 내가 다쳐서 집에 왔다. 우리집 원조 다정함 알레르기 보유자는 이렇게 묻는다.

"어쩌다가 또 다쳤어?"

나는 고개를 절레절레 저으며 아이들에게 말한다.

"아들아, 사람이 다쳤을 때는 우선 '괜찮아?'라고 물어봐 주면 좋을 것 같아. 그 원인 파악도 중요하지만, 그건 나중에 하고. 자, 따라 해봐. 괜찮아?"

멀찍이 서 있는 어머님 아들을 포함해서, 아들 셋을 교육한다.

반복과 세뇌의 힘에 '칭찬'이란 강화가 더해지면 효과가 나타난다. 이제는 아이들이 반사적으로 '괜찮아?'란 말을 자주 쓴다. 둘째 아이는 심화 버전인 달달한 눈빛까지 장착하고, 꿀 떨어지는 목소리로 괜찮냐고 물어보고 마무리로 꼭 안아준다.

내 아들들이 '이다정 씨'로 거듭나는 모습에 예상치 못한 점도 있었다. 어머님 아들도 가끔 '이다정 씨'를 한다는 것. 이제는 무슨 일이 생기면 "왜, 뭐, 또" 이런 단어보다는 "괜찮아?"라고 시작한다. 그러면 나는 내 아들들에게 하는 것이 습관이 되어서 폭풍 칭찬으로 이를 강화한다. "어머, 괜찮냐고 물어본 거야? 감동인데. 기분 좋다!"

어머님 아들은 아직도 민트 초코를 못 먹는다. 먹을 생각도 안 한다. 다 큰 어른에게 안 먹던 음식을 먹게 하는 것은 불가능하다. 시도조차 안 한다. 그런데 나와 아이들이 민트 초코를 즐기는 모습을 보더니, "그게 그렇게 맛있니?" 하며 관심을 보이기 시작한다.

신랑에게 '안 먹던 민트 초코 먹기'는 '없던 다정함 끌어올리기'와 같은 일이다. 이미 자기 주관이 확실한 신랑에게, 일평생 다정함을 거부하며 살아온 사람에게 달달함을 요구하는 것은 불가능에 도전하는 일이다. 내가 할 수 없는 것을 구분하고 신경 쓰지 않는 지혜가, 결혼 11년 차에 생겼다. 그런데 의도치 않게, 내 아들과 자연스레 '다정함 트레이닝'을 하다 보니 어머님 아들도 반응한다. 다시 한번 환경의 중요성을 느낀다. 상담 선생님과 나눈 대화가 떠오른다.

선생님 내가 딱딱한 톱니바퀴처럼 생기면, 또 다른 꼭 맞는 톱니바퀴가 있어야만 돌아갈 수 있어요. 그런데 내가 슬라임이라면 어떨까요? 꿀렁꿀렁한 슬라임은 어떤 것과도 함께할 수 있어요. 관계도 마찬가지예요. 내가 관계에서 나는 이런 사람이고, 너는 이래야 한다는 '당위성'에 매몰되어 있으면 경직되고, 대처 방법이 많지 않아요.

말캉말캉한 슬라임이 다양한 모습으로 변할 수 있듯이, 관계의 유연성이 있고 다양성이 수용되면 대인관계에서 대처 방법이 많죠. 내가 주축이 되어, 내 안의 대처 스펙트럼이 다양해진다는 것을 의미해요.

나 '신랑은 이래야 한다'라는 저의 경직된 사고가 오히려 저를 더 힘들게 한다는 말씀이신 거죠? 어떻게 해야 제가 톱니바퀴가 아니라, 슬라임처럼 꿀렁꿀렁 해질 수 있을까요? 쉽지 않아요.

선생님 상대의 다름을 인정해주세요. 다름을 인정하지 않는 것은 같아지려는 노력을 요구하는 거예요. 여기에는 반드시 누군가 희생을 해야 하죠. 나를 조금 멀리서 보세요. 그 상황에 들어가 있으면 잘 안 보일 수 있어요. 나를 확장하면 더 잘 보일 거예요.

내 마음속에서 설정한 '신랑의 모습'이 있었나 보다. 예를 들어, 내가 아플 때는 다정하게 "괜찮아? 많이 아파?"하고 물어봐 줘야 한다고 생각했다. "어디가 또 아픈데?"라고 말하면 그것은 오답이고 옳지 못하다고 생각했다. 나는 톱니바퀴가 되어 또 다른 톱니바퀴가 아니면 돌아가지 않았던 것이다.

민트 초코를 거침없이 먹는 아이들을 보며 배운다. 고정된 생각에 사로잡히지 않고, 슬라임같이 유연한 생각으로 민트 초코를 접했기에 즐길 수 있는 것이 하나 더 생긴 것이라고. 그 배움의 선순환을 신랑에게도 자연스럽게 적용한다. 내 기대와 달리 반응하는 신랑에게, 그와 나의 다름을 인정하며 그대로 수용한다. '뭐 어때, 그럴 수도 있지' 하면서.

물론, 섭섭할 때도 있다. 그렇지만 이제는 나의 고정된 패턴에서 조금 더 떨어져서 '나에게 좋은 것이 무엇인지' 생각해보면 답이 나온다. 내가 어찌할 수 없는 것까지 신경 쓰지 않고, 특정 상황에서 누군가에게 내가 생각하는 이상적인 모습을 강요하지 않으려 한다. 나를 유연하게 만드는 것이다. 거기에 이 모든 과정은 '나를 위함이다'라는 것을 재차 인식하려 한다.

엄마를 따라서 민트 초코를 좋아하고,

선천적 다정함 알레르기를 극복해가고 있는 우리 '이다정' 형제에게 감사함을 전한다.

아들에게 다정함을 가르치다가, 내가 인생을 배운다.

덧.

다정한 꽃 선물은 셀프로, 나를 위해 꽃을 택배로 시켰다. 신랑은 잘했다면서 다음과 같이 말하고는 유유히 사라진다.

"이 꽃이랑 상추랑 뭐가 달라?"

멀어지는 뒷모습을 보며, 속으로 대답해준다.

'다르다, 꽃이랑 상추는 다르다.

너랑 나도 다르다. 다르다. 다르다….'

주문처럼 외워본다.

우리는 다르다.

항상 남의 편이어서 '남편'이다. 가끔만 내 편

말 한마디에 많은 의미를 부여하지 말고

그 사람이 당신을 어떻게 생각하는지에 집중해라.

당신을 평소에 아꼈는지 아끼지 않았는지

그것이 진심에 더 가깝다.

- 글배우 지음, 예란 그림, 《괜찮지 않은데 괜찮은 척했다》, 강한별, 2020

'내 편인 남편'은 '보이지 않는 고릴라'이다. 주의를 기울여야만 보인다는 뜻이다.

'보이지 않는 고릴라'라는 실험이 있다. 한 사안에 몰두하다가 명백하게 존재하는 다른 사안을 놓쳐버리는 현상. '여러 사람 사이에서 흰옷을 입은 사람이 공을 패스하는 횟수를 세어보기'란 지령에 집중하고 영상을 보면 고릴라의 등장을 알아채지 못한다. 멈춰있는 사진을 보면 커다랗고 우스꽝스러운 고릴라가 이질적이라 눈에 띄는데, 막상 공의 패스 횟수에만 집중하다 보면 영상 속에서는 고릴라를 못 보기 쉽다. 맥락상 등장할 것이라고 전혀 예상하지 못하기에 더욱 그러하다.

남편은 대부분을 남의 편인 '이까칠 씨'로 살고 계시기에, 거기에 매몰되면 이따금 출몰하는 나의 편인 '이다정 씨'를 놓칠 수 있다. 흔하지 않기에, 주의해서 보지 않으면 놓쳐버린다. 촉각을 곤두세우지 않으면 휘휙 지나가 버린다. 또 언제 올지는 알 수 없기에, 반드시 놓치지 않고 내 마음속에 저장해둬야 한다.

오래간만에 돌아온 내 편, 이런 일은 기록해둬야 해

얼마 전 자동차 접촉사고가 난 적이 있다. 너무 놀랐고, 우선 남편에게 전화했다. 대뜸 "왜 사고 났는데?" 하며, 나의 귀책사유인지를 확인하는 듯했다.(이내 후회했다.) 보험회사에 전화하고 길에서 기다리고 있는데, 멀리서 익숙한 실루엣이 보였다. 남편이었다. 차와 나의 상태를 보더니, 많이 안 다쳐서 다행이라며(여기서 주어는 '나'였겠지? 하하) 상대방 차주와 몇 마디 나누었다. 그전까지 나를 무시하는 듯한 태도를 보이던 상대방은 머쓱하게 나에게 다가와 괜찮냐고 물어보고는 어색하게 다시 보험회사를 기다렸다. 이후 나의 교통사고 처리는 오랜만에 내 편 '이다정 씨'의 등장으로 차량 수리, 병원 입원, 보험료 청구 등 모든 것이 잘 해결되었다.

이번에 등장한 내 편은 종횡무진 활약하는 교통사고 종합처리사였다. 평소엔 자동차 보험료가 아깝지만 사고 이후에는 보험료 낸 것이 빛을 발한다. 같은 맥락으로 보통 땐 (내 아들로도 충분한데) 어머님 아들까지 보육하는 게 맞나 싶다가도, 이럴 땐 알아두면 쓸모 있는 오빠로 변신한다.

하지만 신데렐라가 자정이 넘으면 마법이 풀리듯, 이내 본연의 '이까칠 씨' 남편으로 돌아온다. 그럼 또 익숙한 남의 편과 다음과 같은 마음으로 살아간다. 학창 시절 문학소녀로 돌아가 시조 '하여가'를 각색하여 이렇게 읊조려본다.

이런들 어떠하리 저런들 어떠하리
남의 편 어쩌다가 이다정 씨 어떠하리
오늘도 이같이 견디며 당분간은 살아보세

세상은 결국 혼자 살아가는 거라지만 그래도 내 편이 있다는 사실은, 누군가와 연결되어 있다는 느낌은, 이 거친 세상과 부딪쳐볼 용기를 준다. 그 내 편이 항상 남편이면 좋겠지만, 이제까지 경험상 그것은 불가능에 가깝다. 단어라는 게 그냥 만들어진 게 아니다. 왜 '남편'이겠는가. (보편적으로) '남의 편'일 확률이 크기 때문이 아닐까.

그럴 땐 '내 편'이 고정된 한 사람이 아니라고 생각한다. 상황에 따라, 시기에 따라 조금씩 변할 수는 있지만 '온전한 내 편'이 한 명이라도 있다는 사실은 나를 또 용기 내게 한다. 즉 내가 위급할 때마다 등장하는 나의 히어로는 슈퍼맨(남편) 한 명이 아니다. 배트맨(직장 동료), 아이언맨(고등학교 때 친구), 토르(아들 친구 엄마) 등 다양한 영웅들이 내 곁에 연결되어 있다. 그들을 만나면 마음의 위기에 빠진 나는 용기를 내고 다시 삶을 이어간다. 상담 선생님과의 대화가 문득 떠오른다.

선생님 그거, 알아요? 언젠가부터 상담실에 와서 나다움 님이 얘기하는 사람들이 늘어났다는 거요. 처음에는 '남편'만 등장했었는데 지금 보세요. 직장 동료, 친구, 학교 선배 등 다양한 사람들을 말하고 있어요.

나 제가… 그랬나요?

선생님 네. 처음에 상담실에 오던 날 '생명 존중 서약서'에 '나는 자살에 관한 생각을 스스로 조절하기 어려울 경우 반드시 ○○○에게 전화를 걸거나 어떤 수단을 써서라도 알리겠습니다.'란 문장에서 멈춰서 한참 울었던 거 기억나요? 그때 그랬죠? 빈칸을 채울 사람, 주변에 연락할 사람이 없다고. 그런데 지금은 어때요? 여전히 그런가요?

나 아니요. 그 얘기를 친한 사람들에게 얘기하니 다 본인 이름 적으라고 했어요. 그 사람들에게 다 전화하면 자살은 그다음 날로 미뤄야 할 정도예요. 하하.

선생님 기억하세요. 나다움 님 주변에는 믿고 응원하는 사람들이 있어요. 저도 그중 한 명이고요. 아셨죠?

"온전한 내 편 한 명만 있으면 살아진다. 내 편이 생기니까 그게 무슨 뜻인지 좀 알 것 같아요. 유일하게 믿어 주고, 믿을 수 있는 존재가 있다고 생각하면 버티고 싸울 수 있는 용기가 생기는 것도 같고..."

- 드라마 〈이 구역 미친 X〉, 9회

나의 곁에는 다양한 사람들이 내 편이 되어 날 응원하고 있음을 항상 기억한다. 거기에 오랜만에 남편이 내 편임을 느끼는 이처럼 짧은 순간들은 고이고이 글로 간직한다. 심장이 벌렁거릴 때 꺼내먹는 상비약 우황청심환처럼, 속이 뒤집힐 때 꺼내 보는 상비 기억이라고 해둔다.

덧.

교통사고 때문에 머리 엑스레이를 찍었다. 의사 선생님이 뇌진탕인 것 같다는 다소 심각한 이야기를 하셨다. 진료실을 나올 때 남편이 말했다.

남편 저거, 니 엑스레이 맞지? 난 무슨 조류인 줄. 부리가 있던걸. 조류의 부리….

나 그렇지? 눈에 유독 띄지? 나도 그래서 엑스레이에 집중을 못했… 이 양반이, 남 아픈데 그런 생각했단 말이야?

남편 눈에 확 보이는 걸 어떡해?

나 부리… 인정. 그래도! 다음엔 의사 선생님 말씀에 집중하도록 해. 근데 그 와중에 내 뒤통수 예쁘지 않아?

'부리'로 잠시 교집합을 이뤘다가 이내 각자 보고 싶은 것만 보는 우리이다.

대부분 남(의)편, 가끔 내 편.

딸 같은 며느리를 원하신다면, 이렇게 해드립니다

당신이 원하는 걸 말하길 주저하지 마라. 가식으로 포장한 무례함 앞에서는 단호해져라. 부당한 요구에 맞서는 가장 좋은 대답은 이러하다. 당신이 원하는 것을 표현해줘 고맙습니다. 아쉽지만 그 소원은 이뤄줄 수가 없군요.

- 카르스텐 두세 지음, 박제헌 옮김, 《명상살인》, 세계사, 2021

다가온다. '시댁'이란 또 하나의 회사의 '추석'이란 장기출장 시즌이. 유일한 대비책은 '어떻게 대화하고 어디까지 내가 해야 할까?' 하는 가이드라인을 스스로 설정하는 것이다. 유교걸을 강요받는 나는, 전시상황 긴장 모드이다.

방법은 이러하다. 지난 명절에 들었던 온갖 충고나 조언들에 대해서 오답 노트 정리하듯 복기하며, 혹시 다시 출제된다면 놓치지 않겠다며 모범 대화를 생각해본다. 내 의사는 정확히 표현하되 예의 있게 말하는 게 핵심이다. 이것은 마치 '터프하되 부드러운 성격', '보편적이면서도 독창적인 디자인'과 동급으로 실현 가능성이 크지 않은 게 특징이다.

쓸데없이(?) 긴 추석 연휴 동안 '나는 무엇을, 어느 선까지 해야 하는가'(예를 들어, 식사 준비는 내가 해야 하는지, 한다면 어디까지 전담해야 할지, 설거지까지 하는 게 맞을지 등등)를 설정해야 한다. 참한 며느리 역할에 심취해서 몸이 가는 대로 그대로 뒀다가는 과로로 몸져누울 수도 있기에.

거기에 한 달 전, 우리집과 도보 3분 거리로 갑작스레 이사 온 시댁이란 새로운 초강력 변수에, '명절은 이렇게 보내는 거예요.'란 기본값 설정을 하는 중요한 명절이다. 과하지 않으면서도 기본기는 하되 모두가(특히, 나) 편안해야 한다는 것에 방점을 두고 있다.

한 가지 더, 고객지향적인 마인드를 장착한다. 며느리가 딸처럼(?) 대리 효도를 하길 바라는 신랑의 바람을 반영해본다. 이래서 딸이 있어야 한다는 말을 부럽게 들으시는 시부모님의 소망을 한 스푼 담았다. 딸 같은 며느리를 원한다면, 극사실 딸 체험을 할 수 있는 기회를 드려야겠다고 다짐한다.

이 같은 중차대한 임무를 실현하기 위해, 3가지 대화 패턴을 입에 붙도록 맹연습하여 활용하기로 한다.

❶ "생각해주셔서 감사해요. 점심은 그냥 집에서 먹을게요."

긴 연휴, 매 끼니 식사를 시댁에 와서 먹으라는 부모님의 권유에 이렇게 답한다. 말한 사람의 의도에는 감사를 표하되, 내 생각과 다를 경우에는 그 의견을 그대로 따르지 않는 것이다.

주의) 내 의견과 계속 다를 수 있다.(대부분 한 번에 그치지 않는다.) 그냥 그대로 인정한다. 무심히 지나가되, 정 안 될 때는 타협안을 제시한다. 이 경우 남편과 아이들만 시댁에 보낸다. 나는 자주 고장 나는 소화기관을 소환하여 집에 머문다.

❷ "그렇기도 하죠… 그런데 남인 며느리보다는, 직계 자손인 신랑이 안부를 전하는 게 형님도, 또 조상님도 더 좋아하시지 않을까요? 하하하."

차례 준비하는 형님 댁에 못 가봐서 죄송하다는 겉치레 인사를 전화로라도 하라는 권유에 대한 답이다. 좋은 게 좋은 거라지만 나에게도 좋은지는 잘 모르겠을 때, 내키지 않는 불편한 일을 굳이 하고 싶지 않을 때 써본다. 권유하신 생각이 일부분 타당하기도 하지만, 나의 의견도 일리가 있다는 것을 웃으면서 전한다.

내 일인데 내 일 아닌 듯 마음 편한 남편을 두고, 남 일인데 내 일인 양 불편한 나는, 진담인데 농담인 듯 웃으며 뼈 때리는 말을 날려본다. 본질을 생각한다. 차례를 지내는 대상은 나의 조상이 아님을 상기한다.

❸ "그럴 수도 있겠지만, 제가 아직 아파서요."

아프면 아프다고, 힘들면 힘들다고, 못하면 못한다고 해본다. '그럼에도 불구하고' 할게요, 가 아니라 '그렇기 때문에' 못해요, 라고 말한다. 내 아픔을 간과하고 상대의 불편함을 못 견뎌 행동하지 않는다.

어쩌면 상대는 그냥 지나가듯 하는 내 말을 너무 과잉 해석해서 받아들일 수도 있다. 그럴 땐 '나' 위주로 생각한다. 어차피 상대의 마음은 정확히 알 길이 없으므로, 그나마 알 수 있는 나의 마음을 헤아려 행동한다.

공통사항

내가 진정으로 하고 싶은 얘기는 뒤에 넣되, 공손함은 앞에 넣어 부드럽게 말을 열어본다. 상대의 마음을 읽어주고, 내 생각을 말한다. 공감은 하되, 할 말은 한다. 거기에 핵심 포인트는 웃으며, 무겁지 않고 가볍게 툭툭 던진다는 것이다. 텍스트일 경우에는 이모티콘이라도 첨부한다. 그래도 안 될 때는 치트키로 회피 3종 세트(화제 전환, 침묵 모드, 자리 이동)로 빠져나온다.

명절을 전투 모드로 보고, 정신 무장하고 있으니 상담 선생님과의 대화가 떠오른다.

선생님 본인이 문제 속에 들어가 있으면, 오히려 상황이 잘 안 보일 수 있어요. 지금까지 해왔던 방법들이 불편하다는 걸 인식하고 그 패턴에서 나오는 게 중요해요.

나 타인의 기대가 눈에 보이는데 그걸 무시하는 게 잘 안 돼요. 어색하기도 하고요. 제가 예민해서 그런가 봐요.

선생님 '본인이 예민해서'라는 등 내부귀인을 자꾸 하려 하지 마세요. 명절에 시댁은 그냥 불편하다 등 외부귀인을 하는 연습을 해봐요. 그래도 돼요.

나 ……

선생님 경직되지 말아요. '~는 ~해야 한다'는 당위성에서 벗어나세요. 나와 남이 다르다는 걸 받아들이고, 그 차이를 채우지 마세요. 그대로 인정하는 거예요.

시댁과는 멀수록 좋다는 편견을 깨겠다며, 혁명가의 마음으로 결혼 초반엔 참으로 열심히 했다. 명절 전날 일직이라는 신의 선물을 즐기지 못하고 바꾸려고 노력하고, 끝나자마자 불안한 마음으로 시댁을 향한 적이 있었다. 누가 시키지도 않았는데 시부모님께 승용차를 사 드리고, 휴가 때 시부모님과 해외여행을 같이 갔으며, 손주들 보여드리려고 매일 영상 통화를 먼저 했었다.

며느리란 그래야 한다고 생각했던 것 같다. 정작 나는 제쳐두고 타인 위주로 생각하다 보니 조금씩 지쳐갔던 것 같다. 늦었지만 그동안 나를 돌보지 않고, 며느리란 역할에만 매몰되었던 나에게 심심한 사과를 건넨다.

딸 같은 며느리를 주제로 친정엄마와 이야기하다가, "진짜 딸이 어떤지 보여줘?" 했더니 엄마가 크게 웃으시곤 이내 정색하며 이렇게 말씀하신다.

"아서라, 시어른들 놀라신다."

진짜 딸은 상대방의 의사와 상반되는 견해도 스스럼없이 말할 수 있다.(예: 조언에 "제가 알아서 할게요"란 대답.) 부정적인 의견을 솔직히 전달(예: "엄마 요리가 맛있진 않아."라며 직언)도 가능하다. 일방적인 게 아니라 자유로운 의견 교류가 서로 가능한 게 진짜 딸이다.

그렇게 나는 딸 같은 며느리가 되어본다.

놀라시지 않도록 부드럽게, 조금씩, 계속.

덧.

나 혼자 살… 고 싶다. 명절만이라도. 후훗.

그리고 나의 조상님은 섭섭해하실 듯. 내가 못 가니.

오라! 명절엔 각자 본인의 조상님께 인사드릴 수 있는 날이여.

김분홍 씨,
고마워요

인간관계에 실망한 당신에게,

고양이는 배변을 하면 무조건 모래로 덮고 냄새를 숨기지.

그리고 그 장소에서 멀리 달아나. 적에게 노출되지 않기 위해서야.

너를 전부 다 보여주지 말고, 아는 것을 다 말하지 마.

마찬가지로 상대가 보여준 것이 전부라고 믿지 마.

세상에는 좋은 사람만 있는 것도 아니고,

좋은 사람이라고 항상 좋을 수 있는 것도 아니니,

야생의 습성을 간직한 고양이처럼 경계하는 마음을 잊지 마.

- 을냥이 글·그림, 《이유가 많으니 그냥이라고 할 수밖에》, 스튜디오오드리, 2020

"저 꽃다발? 내가 좋아하는 사람이 주고 갔어. 예쁘지?"

식탁 위 꽃의 출처를 묻는 신랑에게 '좋아하는 사람'이란 단어에 힘주어 이야기하는 순간, 신랑의 눈에서 사람을 뚫을 듯한 레이저가 나온다. 그 순간을 더 즐길까 하다가 이내 솔직히 말한다.

"김분홍 씨가 주고 갔어. 보고 깨닫는 바가 있길 바란다는 말도 전해달라 했어."

여기서 김분홍 씨는 입사 동기 언니다. 카리스마 있는 외모와 달리 아기자기한 분홍색을 좋아해서 붙여준 별명, 김분홍. 난 김분홍 씨를 참 좋아한다. 구 남친(현 남편)을 알게 해준 장본인임에도 말이다.

오랜만에 우리집에 놀러 온 김분홍 씨를 보니, 신랑과의 첫 만남이 떠오른다. '결혼을 신중하게 했는가'에 대한 답을 찾기 위해서.

"알아두면 좋은 사람이야. 단, 그냥 아는 사람으로만 지내. 알았지?"

김분홍 씨가 구 남친(현 남편)을 소개해줄 때 한 말이었다. 당연히 소개팅도 아니었고, 직장 동료 한 명 알아두라는 인맥 확장 차원의 안내였다. 왜 슬픈 예감은 틀리지 않는지. 난, 언니의 당부는 지키지 않고 그 사람과 결혼했다. 그 결과 동기 언니와는 볼수록 더 끈끈한데, 그분의 소개로 알게 된 분은 알수록 더 꿉꿉하다.(하하, 습해지는 날씨 탓인가.)

나는 이 꿉꿉한 마음을 상담 선생님께 털어놓는다. 장마철 퀴퀴한 냄새가 나는 밀린 빨랫감을 마구잡이로 세탁기에 넣듯이, 한 주간의 일들을 마구잡이로 쏟아놓는다. 그러다가 '후회'에 대한 이야기가 마음에 콕 박힌다.

선생님 그때와 지금이 많이 다른가요? 남자친구이었을 때와 신랑일 때요.

나 음… 까칠한 것은 비슷해요. 아는 사람 모두에게 친절하지 않은 점이 맘에 들었던 것 같기도 해요. 그 친절하지 않은 사람의 범주에 제가 들어갈 줄은 몰랐지만요. 하하.

선생님 결혼을 후회하나요? 그런데 사실, 완벽한 것은 없어요. 다시 돌아갈 수 있다면, 결혼하지 않았을까요?

나 음… 아닐 수도 있긴 하죠.(전, 얼굴을 보고 결혼한 외모지상주의자니까요.) 그래도 지금의 신랑에 관해 좀 더 많은 정보를 알았다면, 알고도 한 결정이라면 조금 덜 후회했을 것 같아요. 약간 사기당한 기분이거든요.

선생님 그게 왜 그런 줄 알아요? 그 선택을 후회한다는 것은 그 선택을 한 본인을 못마땅하게 여긴다는 뜻이기도 해요. 즉 과거의 본인을 부정하고, 믿지 못하는 것이죠. 그러니 지금의 나다움 씨의 선택에도 자신이 없고, 또 후회할 것만 같고요. 음… 조금 더 자신을 믿어보는 건 어때요?

나 사실, 저를 제일 못마땅해하긴 해요. 당연히 저를 믿는 것도 쉽지 않고요. 어떤 때는 다른 사람은 쉽게 믿으면서도, 저 자신에게는 불신이 기본값이에요. 어떤 선택을 하든 항상 선택에는 후회가 남아요. 내가 더 잘할 수 있지 않았을까 하고요. 결정장애도 어쩌면 제 선택에 믿음이 없고, 책임질 자신이 없어서인 것 같기도 해요. 그래서 자꾸 주변에 의견을 구해봐요. 지금 내 결정이 맞을지에 대해서요.

지난 일을 지나치게 후회한다는 것은 그전의 나를 부정하는 것이다. 그 당시에는 최선이었을 텐데, 언제나 나 자신에 대한 평가가 가혹하다. 전교 2등에게 전교 1등을 못 했다고 호되게 나무라듯 말이다.

나의 기준을 조금은 낮게 잡아보고, 또 그 기준을 달성만 하면 잘했다고 스스로 칭찬해주는 것은 어떨지. 그래서 상담 선생님과 기준점을 다시 잡았다. 어떠한 일이든 만점이 아니라, 65점을 기준으로 넘기만 하면 격하게 나를 칭찬해주기.

그런 면에서는 직장 동료를 롤 모델로 삼기로 했다. 이 친구는 진담 반 농담반으로 웃으며 "ㅇㅇㅇ!(본인 이름). 참 잘했다. 훌~륭해."라고 스스로 어깨를 쓰다듬으며 웃는 것을 잘한다. 그 모습이 매우 귀여우며, 보는 이까지 미소 짓게 만든다. 사실 나 자신을 3인칭화하여 내 이름을 부르는 것조차 쉽지 않지만(손발이 오글거리고 몸이 쪼그라드는 듯하다) 상상 속에서나마 (그 친구에 빙의하여) 연습해본다, 허허.

거기에 하나 더. 어떤 결정을 하든 주변에 물어보지 않고 혼자서 해보기로 한다. 쉬운 예로 점심 메뉴 결정부터 시작해보려 한다. "한식이랑 중식 중에 어떤 게 좋아요?"라고도 묻지 않고 "오늘은 우리 중국집으로 가요!"라고 단호하게 말해보기로. 선생님의 친절한 예시를 들으며 따라 해본다.(이게 연습까지 할 일인가 싶을 수도 있지만, 난 쉽지 않다.)

그렇게 선택하고, 내 결정을 받아들이며 그 선택들이 쌓인 결과들을 인정해보려 한다. 실수가 있다면 대수롭지 않게 그다음 선택에 반영해보고, 성과가 있으면 스스로 칭찬하며 계속 추진해보고. 그렇게 차근차근, 조금씩 연습한다.

'믿는 도끼'를 아예 두지 않는 게 최선일지도

김분홍 씨가 꽃다발을 주던 날이 생각난다. 다리를 다쳐 목발을 짚고, 절뚝거리며 옆구리에 꽃다발을 들고 현관문으로 들어온다. 나 역시 맨발로 달려가며 김분홍 씨를 맞이한다. (늦은 승진이지만) 승진을 축하하며, 곧 돌아올 내 생일을 잊지 않고 기억해서, 내가 좋아하는 꽃을 안겨주는 김분홍 씨. 상대가 나를 아끼는 마음을 알고, 나 역시 그 마음을 소중히 여기는 이 따뜻한 관계가 참 좋다.

사람과의 관계에서는 이처럼 좋은 인연만 있는 것은 아니다. 좋은 사람이라 생각했던 가장 가까운 사람이 나에게 제일 인색한 사람이 될 수도 있기에 '야생의 습성을 간직한 고양이처럼 경계하는 마음을 잊지 말라.'는 책의 구절이 오랫동안 남는다. 동시에 나를 전부 내보일 필요도 없으며, 상대 역시 보이는 게 전부라고 믿지 않으려 노력해본다. 즉 상대를 내 기준으로 속단하지 않으며, 나와 남이 같지 않음을 거듭 상기하는 것이다.(제일 좋은 것은, 믿는 도끼는 가까이 두는 시간에 비례하여 발등이 찍힐 확률도 높아지니, 도끼는 아예 두지 말자는. '기-승-전-비혼'이다. 하하.)

덧.

소개팅을 연인으로 발전시키는 좋은 팁은 '그냥 알아두면 좋은 사람'이란 전제하에 소개해주는 거다. 나 역시 먹혔고, 내 친구 두 명도 당했다.(이 자리를 빌려, 결혼까지 하게 된 친구에게 미안하다는 말을 남긴다.)

가벼운 마음이 그 사람과 친해지는 기폭제가 된 듯하다. 그들도 알았을 거다. 누가 뭐라 해도 그 선택을 했을 거라는 것을.

설명하기 복잡하며,

물리기도 어려운 그 오묘한 것을

우리는 '인연'이라며 그럴싸하게 포장해서 부른다, 썩을.

6장

나, 하마터면 나를 놓칠 뻔했다

제주도에서
살 수 없는 여자

충동구매를 하도 많이 하다 보니까 이제는 계획성이 가미된 충동구매가, 충동적으로 계획을 세우고 그 계획에 따라 구매하는 행동이 가능해졌다.

- 이민수 지음, 《쓸데없는 생각만 많은 편》, 작은책들, 2021

"선배는 제주도에서는 못 살겠네요."

"으응? 나 자연 좋아하는데?"

"제주도 살면 택배 추가 비용 붙을 텐데, 괜찮겠어요?"

그렇다. 난 제주도의 푸른 밤은 못 봐도 되지만, 택배가 없는 밤이면 쇼핑 사이트를 헤맨다.

그럼 다음과 같은 질문이 가능하다. 무엇을 (그렇게) 사는가? 왜 사는가? 사고 나면 어떤가?

그날의 피로는 소비로 푼다

❶ 무엇을 사는가?

주요 품목은 식품이다. 매일 섭취해서 몸이 좋아지는 필수 영양소와는 거리가 먼, 매번 생각나지만 가끔 먹고 기분이 나아지는 간식류를 산다. 그것의 구매 수량은, 매우 합리적이고 체계적이며 경제적인, 무료배송이 되는 금액까지이다.

다만, 타인이 보기에는(특히 미니멀리스트들에게는) 대량 구매이다. 이를테면 이런 식이다. 하나에는 3,500원인 팝콘이 배송료가 3,000원이다. 무료배송 기준이 3만 원이라면 3만 원이 딱 넘게 산다. 당장은 알찬 쇼핑이었다는 생각에 뿌듯해한다.(다만 배송을 받은 직후 나의 당혹감은 어쩔 수 없다고 생각한다.)

주로 식품을 산다고 했지만, 이는 고정지출로 시작에 불과하다. 당시 관심사에 따라 품목과 이유는 다양하다.

- 옷: 계절 바뀔 때마다 기웃기웃, 살이 찌면 불편해서 어쩔 수 없이, 회사 가기 싫은 날은 업무 효율성 향상을 위해 오피스룩을 사고…(으응?)

- 운동기구: '운동 시작하려면 장비발이지' 하며 케틀벨, 폼롤러, 훌라후프, 실내 자전거를 거쳐 최근에는 필라테스 리포머를 구매했다. 대부분 우리 두 아들의 장난감으로 전락하여, 어쨌든 잘 쓰고 있다. (누구든 어떻게든 쓰면 되는 거지. 암)
- 건강식품: 일과 육아를 열심히 하려면 체력이지, 하면서 종합비타민 성분표를 보다가 부족한 것들을 한두 개 더 추가(오메가3, 칼슘, 콜라겐 등)하다 보면 약이 한 움큼이 된다. 가끔은 약만 먹어도 배부를 정도. 하하.
- 화장품: 상하반기 세일 시기에 주로 쓰는 성분 좋은 화장품을 잔뜩 쟁여놓는다. 비싼 고가의 화장품이 아니란 미명하에 차곡차곡 사서 모으면 고가 화장품 가격 정도는 나온다. 거기서 멈출 수는 없다. 수시로 나오는 새 화장품을 체험하기 위해서는 쟁여놓은 화장품을 처리해야 한다. 자원순환과 지인 사랑의 마음으로 주변인들에게 화장품 나눔을 실천한다. (선물할 것까지 다 계획된 거라니까.)
- 기타: 내 몸을 끔찍이 생각하며 하나둘 모은 것들. 쑥뜸기, 저주파 마사지기, 반신욕기, 적외선 치료기, 손지압기 등등. 이 모든 것을 매일매일 한다면, 나는 진짜 건강해질 것으로 생각한다. 매일은 아니더라도 이따금 쓴다. (신랑! 잘 못 봤겠지만, 쓰고 있어. 쓰고 있겠지? 하하)

거기에 나의 소비는 다양한 가치관을 반영한다. 인기 폭발로 3개월 걸려 받을 수 있는 떡볶이는 기다리는 시간도 계산한다.(3봉지 더 산다.) 옥수수를 좋아하는 직장 동료 수를 헤아리며 추가한다.(10개를 더 사고.) 다양한 맛의 아몬드는 체험해봐야 베스트를 알 수 있다는 탐구 정신으로 종류별로 다 산다.

그래서 후배는 나를 '우리 동네 큰손'이라 부른다. 그러면 나는 또 신이 나서 후배 줄 것까지 생각해 넉넉히 시킨다. 이렇게 대량 구매의 선순환(?)은 계속된다.

❷ 왜 사는가?

당연히 물건이 주는 효용을 바라고 산다. 배고파서 음식을 사고, 추워서 옷을 사고…. 주로 의식주와 관련된 것은 생존과 직결되어 있긴 하다. 하지만, 정신없이 이것저것 사다 보면 이제는 안다. 내가 쇼핑할 때는 내 노력에 대한 즉각적인 결과물을 보고 싶을 때이다. 탄력 없어진 뱃살을 보며 복근을 만들고 싶지만, (실현되기는 힘들기에) 탄탄한 몸매를 생각하며 필라테스 리포머를 산다. 마음의 오랜 헛헛함을 달래긴 힘드니, 지금 당장 위장을 채울 음식을 구매함으로써 텅 빈 느낌을 지워보려 하는 식이다.

거기에 지금의 현실은 잠시 잊고 뭔가에 몰두하고 싶은데, 그럴 여력조차 없을 때는 단순히 할 수 있는 일이 바로 쇼핑이다. 초점 나간 눈과 손가락만 있으면 무엇이든 살 수 있다. 게다가 몸이 기억하는 쇼핑 루틴에서 편안함을 찾는다.(그동안 열심히 활동하여 쌓인 적립금을 볼 때 참으로 뿌

듯하다.)

쇼핑을 마치고 배송이 오기까지 기다림은 또 얼마나 설레는지. 직녀가 칠월칠석에 견우를 생각하며 기쁘게 1년을 기다리듯, 물건이 도착해서 쓰고 있는 내 모습을 상상하며 마음의 공허함을 잠시 밀어낸다.

❸ 사고 나면 어떠한가?

대부분의 일이 그러하듯, 나의 예상은 빗나가기 일쑤이다. 매일 할 수 있겠냐며 주변의 우려를 샀던 반신욕기는 일어나자마자 거기에 앉는 것으로 그날의 하루를 시작하며 유용하게 사용하고 있다. 오히려 아픈 어깨 때문에 자주 쓸 거라고 샀던 무선 안마기는 아이들의 과도한 관심에 실제로 두 번 정도 하고 어머님께 양도해 드렸다.(어머님을 드리기 전 내가 테스트를 했던 거라고, 난 생각한다. 후훗.)

그래서 이런 결론을 내린다. 사고 싶은 것은 우선 사자.(우유부단함과 치밀함이 결합되어 물건을 사기까지 시간이 오래 걸리긴 한다.) 비록 그 물건의 활용도는 구매 당시와 달라질 수 있으나, 그 결과는 아무도 모르기에. 대신 요즘 유행인 미니멀 라이프를 나름 반영하여, '1물건 구입 시 1물건 퇴출'을 목표로 하고 있다. 예를 들면, 작아진 옷은 버리고 새 옷을 사는 식이다.

소비 요정 방문에 스트레스와 통장이 털린다

상품과 서비스의 소비에서 체험의 소비로 다시 한번 글로벌 경제의 중심축이 바뀌고 있는 오늘날, 인간의 본성도 다시금 변화를 겪고 있다. 접속의 시대를 살아가는 변화무쌍한 새로운 인간형이 세계를 바라보는 시각은 부모 세대나 조부모 세대와는 판이하게 다르다.

- 제러미 리프킨 지음, 이희재 옮김, 《소유의 종말》, 민음사, 2001

결심을 하나 더 추가한다. '물건'을 사는 것도 좋지만 '체험'을 살 수 있는 것을 늘려보리라고. 물건을 사고 나면 물리적 공간을 차지하고, 이들끼리의 조화로움을 위해 주기적으로 정리를 해줘야 하는데 맥시멀리스트인 나에게 쉽지 않은 작업이다. (특히나 같이 사는 이들의 원성을 살 때가 종종 있다. 신랑 것을 안 사서 그런가?)

그런데 '체험'을 구매하는 것은 내 기억 속에 남으므로 그럴 염려가 없다. 게다가 경험들이 물건이 주는 것보다 훨씬 더 많이 내 마음의 헛헛함을 채워준다.

예를 들어, 최근에 한 체험으로는 '퍼스널 컬러 진단'이 있었다. 내 얼굴의 톤을 정확하게 진단하여 이에 어울리는 옷 색깔, 화장품 등을 추천받는 체험이었다. 2시간가량 진행되었는데 흥미진진했고, 나와 친해진 기분이었다. 타인과의 관계에서는 눈치도 빠르고 둥글둥글 잘 지내면서, 나에 대해서는 엄격하고 뭘 좋아하는지, 어떤 게 어울리는지도 잘 모르는 나로서는 참으로 값진 시간이었다. 게다가 그 경험을 바탕으로 어울리는 화장품을 구매하는 아름다운 쇼핑이 이어진 것은 비밀.

이렇게 쇼핑을 애정하는 내 마음의 이면에는 어떤 것이 있는지 궁금할 때가 있다. 상담 선생님께 여쭤보았다.

선생님 왜 그렇게 쇼핑한다고 생각하세요?

나 음… 스트레스 해소도 있지만, 뭔가 항상 준비하는 습관이 쇼핑에도 반영되는 것 같아요. 찬바람이 조금만 불어도 추운 겨울을 떠올리며 캐시미어 코트를 사는 식으로요. 뭐든 미리 준비되지 않으면 약간 불안해요. 지금 내가 뭔가 놓치고 있는 게 아닐까 하면서요. 쇼핑할 때도 세일 기간이 있잖아요. 그 기간을 놓치고 급하게 사면 비싼 값에 잘못 사지는 않을까? 뭐 그런 생각으로 미리미리 준비하는 게 편해요.

선생님 그게 정말 편안한 걸까요? 익숙한 건 아닐까요? 그리고 이런 관점은 어떻게 생각하세요? 그동안 상담을 통해 '과거'의 일을 끌어와서 나를 힘들게 하는 것은 이제 안 하게 되었죠. 그런데 대신에 '미래'를 준비한다는 명목하에 지금의 나를 또 간과하고 있는 건 아닐까요?

쇼핑이란 단순한 행동에 나조차 인지하지 못한 무의식이 반영된 것이라는 생각에 잠시 멈칫했다. '미래'를 '현재'로 바꾸고 '준비한다'를 '머문다'로 바꿔서 생각하기로 한다. 작은 물건을 사는 행동에서도 나의 오랜 신념을 바꾸기 위한 작업을 놓치지 않으려 한다. 그렇게 '지금, 여기'를 쇼핑에서도 발견하고 실천하고자 한다.

마지막으로, 택배 기사님들께.

4계절 내내 불철주야 오시느라 고생 많으십니다. 우리집엔 로켓, 치타, 새벽, 제로 등등 여타 빠른 배송 필요 없습니다. 최대한 여유 있게 배달해주세요. 물리적 공간이 필요하거든요.(우리집 냉장고와 창고를 비울 시간을 벌 수 있도록요. 하하.)

그리고 이제는 심리적 여유도 추가해야 해서요. '미래 대비'가 아닌 '현재 머묾'을 위한 쇼핑을 생각하려고요. 항상 고맙습니다. 택배 기사님들이 오신다는 문자에 오늘도 행복합니다.

덧.

또 쇼핑했다. 이 글을 쓰고 있는 무선 키보드와 마우스.

노트북은 너무 무겁고, 휴대폰으로 글을 잘 쓰는 방법으로 산 것들이다.

비록 15,000원이라는 소소한 비용이지만 수많은 리뷰를 정독하며 구매하는 손길이 매우 신중했다. 거창한 이유를 부여하고(취미생활인 다음 브런치를 자주 하며, 글쓰기를 통해 나의 자아를 실현하고 등) 대략 10번 정도의 내 마음속 승인과 반려의 과정을 거쳐서, 비로소 내 앞에 오게 된 이 물건. 참 잘 샀다.

또 하나의 만족스러운 쇼핑이 그렇게 끝났다.

여기서 교훈: 쇼핑에서 머뭇거리면 배송만 늦어질 뿐!

심리상담 이야기 ❹

인터넷 의류 구매와 심리상담센터 선택의 공통점

'살다 보면 언제든 시련이 찾아올 수 있는 것이고, 그 시련 속에서 아프고 고통스러운 것은 우리 인간 삶의 본질이다'를 인정하는 것이 마음 항해자인 우리에게 필요한 자세라고 생각합니다.

- 조영은 지음, 《마음의 무늬를 어루만지다》, 레드박스, 2019

세상 풍파를 온몸으로 겪어낸 날, 조용히 휴대폰을 켜고 분주한 눈동자를 굴리며 옷을 고른다. 드레스룸은 옷 폭탄 더미로 포화상태이지만, 언제나 그랬듯 내일 입을 마땅한 옷이 없기에 어쩔 수 없이(?) 쇼핑몰에서 구매를 클릭하고 그때부터 택배 기사님을 오매불망 기다린다.

쇼핑은 기본적으로 기쁨을 선사하지만, 내가 산 옷이 맞나 하는 생각이 드는 실망스러운 순간들이 있다. 스마트폰에서 본 사진과도 다르고, 모델의 착용 사진과는 전혀 다른 분위기에 좌절한다.

최소한 이것만 체크해도 실패 확률을 줄일 수 있다

인터넷으로 옷을 구매하며, 수많은 시행착오 끝에 얻은 결론은 다음과 같다. 그리고 이것은 심리상담센터를 고를 때도 적용될 수 있다.

❶ 화면에 보이는 것과 실제는 다를 수 있다. 교묘한 트릭을 피하자

인터넷은 다양한 선택지에 손쉽게 접근할 수 있다는 점이 편리하지만, 모든 것이 다 보이지 않는 단점이 있다. 예를 들어, 옷을 살 때 피팅 모델의 손이 허리나 배에 있는 사진이 대다수라면 허리 쪽 품이 넉넉하여 옆으로 퍼진 모양일 확률이 높다. 정면 사진이 없다면 목 부분이 애매한 옷일 수도 있다. 상의 소매를 걷고 있거나 팔짱을 끼는 등의 사진이 유독 많다면 소매가 어정쩡할 수 있다. 마찬가지로 상담센터를 찾을 때 인터넷 홈페이지나 SNS, 유튜브 등을 접하고 기대치가 설정되는데, 실제로는 다를 수 있다는 점을 꼭 생각해본다.

옷의 디자인도 중요하지만, 옷의 소재가 무엇인지를 확인하는 게 우선이다. 상담센터도 심리상담사의 자격증이 어디에서 발급한 어떤 자격증인지 확인하는 게 먼저이다. 공신력 있는 자격증으로는 한국상담심리학회의 상담심리사 자격증, 한국상담학회의 전문상담사 자격증, 한국임상심리학회의 임상심리전문가 자격증·정신건강임상심리사 자격증, 국가발급자격증(청소년상담사, 정신건강임상심리사, 임상심리사, 전문상담교사 등)이 있다고 한다. 거기에 경력, 학위 등을 상담사의 자질을 확인하는 정보로 활용할 수 있다. 인터넷으로 옷을 구매할 때 해당 홈페이지에서 제공하는 정보 말고, 실제 그 옷을 입어본 사람이 올린 사진은 유용하다. 마찬가지로 상담센터를 직접 이용한 사람이 쓴 후기를 찾아볼 수 있다면 더 좋다.

❷ 본인에게 필요한 게 무엇인지 확실히 한다

어떤 옷이 좋은 옷이냐고 묻는다면, 가성비, 브랜드 인지도 등 사람마다 대답이 다르다. 하지만, 모두에게 적용되는 것은 '나에게 잘 어울리는 옷'이라는 점이다. 쇼핑몰 모델이 입어야만 예쁜 옷이 아니라, 나에게 적합한 옷인가를 판단하기 위해서는 자신의 신체적 특징을 잘 알아야 한다. 예를 들어, 발목이 두껍다면 긴 스커트는 단점을 부각시키므로 피하고, 다리가 짧다면 하이웨스트 옷을 골라보는 식이다.

심리상담센터를 고르기 전에도 마찬가지다. 내가 '심리상담을 통해서 무엇을 원하는가'를 확실히 짚고 넘어가는 게 좋다. '공감'을 통해 안전한 내 편이 있다는 안정감을 받고 싶은 것인지, 현실의 상황을 개선하기 위한 '해결책'이 필요한 것인지 말이다. 물론 심리상담은 궁극적으로 두 가지를 다 지향하고, 심리상담사는 내담자의 상태에 따라 적절하게 이를 섞어서 상담을 진행한다.

내가 많이 지쳐있어서 온전한 지지만을 받고 싶을 때, 문제 해결 방법을 듣는다면 버거울 수 있다. 반대로 이 상황을 어떻게 극복해야 할지 그 방법이 궁금할 때, 내 얘기를 주로 듣기만 한다면 답답할 수 있다. 내가 현재 무엇이 급선무인지 파악하는 게 좋다.

나 역시 그랬다. 모든 상담 선생님들과의 대화는 나름의 의미가 있었지만, 두 번째 만난 상담 선생님과는 만족도가 높지 않았음을 고백한다. 상담 선생님은 내가 이 상담을 통해 무엇을 얻고자 하는지, 무엇이 문제인지 구체적으로 얘기하기를 원하셨고, 나는 그 당시 그런 인식조차 하기 어려운 마음 상태였다. 우선 내 마음이 흙탕물이니 그것을 가라앉히고자 무조건 상담센터로 향했고, 상담 선생님은 그 흙탕물을 가라앉히고 어떤 상태에 도달하고 싶은지 구체적으로 도와주고자 하셨다. 내 현실이 너무 팍팍하여 내 얘기를 편하게 들어주며 나를 지지해주길 원하는데, 자꾸만 해결책을 제시하실 때 따라가기가 힘들었다. 결국 학교 선생님의 질문에 모범답안을 말하는 학생처럼 내 마음속 하고 싶은 이야기가 아닌 맥락상 해야 할 것 같은 말을 하기에 이르렀고, 결국엔 흐지부지 상담을 종결하고 말았다.

사람과 사람 사이의 일이기에, 상담 역시 '궁합'이라는 게 존재하고 나와 잘 맞는 상담 선생님은 분명히 있다. 아무리 유명한 상담 선생님이라도 나와는 안 맞을 수도 있다. 혹시라도 첫 심리상담이 별로라는 생각이 들었다면, 내가 생각하는 방향과 상담 선생님이 제시하는 것이 달라서 그럴 수도 있으니 다른 상담 선생님을 찾는 것도 방법이다.

❸ 망설이면 배송만 늦을 뿐, 주저하면 치유가 더딜 뿐

만족스러운 쇼핑 후에 후회하는 것은 '결제'를 클릭하기까지 수많은 고뇌를 하느라 너무 많은 시간을 낭비했다는 점이다. 물론 성공적인 옷 구매를 위해 어느 정도의 고민은 필수이지만, 깊은 번뇌 수준까지 가면 즐거운 쇼핑이 또 하나의 스트레스로 작용한다. 결정장애 구간에 돌입했다면, 요즘은 인터넷 쇼핑몰에 '무료 반품'도 있고, 무료가 아니더라도 마음에 안 들면 교환·환불도 가능하다는 점을 기억하며 빠른 구매를 추진해본다. 너무 망설이다 보면 그 상품이 품절될 위험도 있으며, 망설이면 배송만 늦을 뿐이다.

심리상담도 그러하다. 수많은 심리상담센터에서 나에게 맞는 상담 선생님을 고른다는 것은 쉬운 일이 아니다. 상당한 비용을 내며 꽤 오랫동안 진행되기에 신중한 것은 당연하다. 그렇지만 직접 해봐야 알 수 있는 게 심리상담이다. 심리상담자격증, 이용자의 후기, 내가 원하는 상담의 방향, 내가 지불할 수 있는 상담 비용 등을 고려했을 때 적합한 심리상담센터를 발견했다면 우선 상담을 시작해본다. 물론 단기간에 나와 맞는지를 파악하는 게 쉽지 않을 수도 있지만, 영 아닌 경우에는 중단하고 그것을 경험 삼아 더 나은 심리상담사를 만날 수도 있다.

심리상담을 받기로 결심하고 실제로 심리상담을 받기까지는 꽤 오랜 시간이 걸렸다. 내가 상담까지 받아야 할 정도인지 확신이 없어서, 그만한 비용과 시간을 투자해야 하는지 의문이 들어서 고민했다. 심리상담을 해봐야겠다고 마음먹고 나서도 나에게 적합한 심리상담사를 찾기까지는 또 한참이 걸렸다.

과거의 나에게 한마디 건네고 싶다.

신중한 것도 좋지만, 세상에 완벽한 것은 없으므로 어느 정도 고민과 검색을 마쳤다면, 우선은 심리상담센터에 가보라고 말이다. 동시에 그때 망설이긴 했지만, 결국에 용기 내서 가길 잘했다는 격려도 함께 전하고 싶다.

나는,
부지런한 환자

번아웃은 정신이 내리는 '비상용 차단기'다. 작가 겸 사진작가인 울리히 샤퍼(Ulrich Schaffer)는 이런 심신의 협력 작용을 다음과 같이 탁월하게 표현해냈다.

정신이 육체에게 말했다.

"네가 어떻게 해봐. 이 사람은 내 말을 들어먹지를 않아. 네 말은 들을지도 모르잖아."

육체가 정신에게 말했다.

"그럼 내가 아파볼게. 그럼 이 사람이 너를 위해 시간을 낼 거야."

- 클라우스 베른하르트 지음, 추미란 옮김, 《어느 날 갑자기 무기력이 찾아왔다》, 동녘라이프, 2020

"참 부지런한 환자분이에요."

'부지런한'과 '환자'라는 다소 어색한 조합에 그 이유를 물으니 간호사 선생님은 대답해주신다.

"지금도 보세요. TV 보면서 스트레칭하고 계시잖아요. 환자분은 올 때마다 뭔가 하고 계셨어요. 참 부지런하십니다."

자동차 접촉사고로 병원에 2주간 입원했을 때였다. 매일 진료 일정을 체크하는 간호사 선생님께서 TV를 보며 스트레칭을 하고 있던 나에게 한 말이었다.

병원에서 부여한 나의 임무는 오전·오후에 침 치료 및 추나 치료를 받는, 딱 2가지 일정이었다. 하지만 그 사이사이에 나만의 일정을 촘촘히 넣었다. 병원에 입원했으면서도 바쁜 정신이 아픈 신체를 이겨내며 소화한 일과는 다음과 같았다.

우선 6시 전화영어로 하루를 시작하며, 7시 반 식사 전까지 안마의자에서 근육을 풀어준다. 식사 후 샤워를 하고 모닝커피 대신 아침 한약을 마시며 하루 일정을 세워본다. 영어 공부(침 맞을 때 이어폰으로), 책 읽기(침대에 누워서), 글쓰기(식후 30분은 앉아있어야 하므로) 등 다채로운 활동을 계획한다. 단, 치료 후에는 아파서 나도 모르게 낮잠을 자기 일쑤였지만, 어쨌든 계획은 그랬다.

저녁 식사 후에는 노을을 바라보며 저녁 한약을 한 봉지 털어 넣고, 아프다고 아우성치는 뼈들을 달래러 반신욕기로 향한다. 밤에는 일찍 자야 하지만, 아파서 잠이 잘 오지 않기도 했고, 그냥 자기엔 시간이 아까워서 뭘 할까 하다 TV를 켠다. TV만 보면 뭔가 허전하여 추나 치료 때 배운 스트레칭을 동시에 한다. 마침 그 광경을 간호사 선생님이 보신 거다.

나에게는 익숙한 일상이, 간호사 선생님이 보기에는 특별해 보였나 보다. 그래서 고민해봤다. 나는 왜 아파서 병원에 입원해있는 순간마저 가만히 쉬지 못하고 끊임없이 무언가를 하고 있는가. 그 고민에 대한 해답은 심리상담 선생님과의 대화에서 찾을 수 있었다.

선생님 나다움 님을 보면 배터리가 5% 남은 휴대폰 같아요.

나 저요? 왜요?

선생님 휴대전화를 완전히 충전하려면 일정 시간은 쓰지 않고 둬야 100% 충전이 되잖아요. 그런데 배터리가 5%인 상태에서 충전은 하고 있지만, 그 상태에서 계속 쓰고 있잖아요. 결국엔 방전되기 쉽죠.

나 그러네요. 전 제가 쉽게 지치는 게, 그저 체력이 약해서 그런 거라고 생각했어요. 그래서 운동을 추가했거든요. 새벽에 자전거 타기로. 하하하.

선생님 내 마음에 들지 않는 나를 바꾸려고 노력하고 있나요? 더 나은 사람이 되기 위해 노력하는 것 자체가 나쁜 것은 아니지만, 지금의 나를 못마땅하게 여기는 건 한번 생각해볼 필요가 있어요. 그럼 항상 현재는 불만족이고, 불행한 거잖아요. 그건 너무 슬픈 일인 것 같아요.

나 맞아요. 뭔가 지금 걷지 않으면, 나중에 뛰어야 할 것 같아서. 일도 해야 하고, 애들도 봐야 하고, 내가 해야 할 일이 많은데 그냥 쉬는 것은 나쁜 일이라고 생각하는 것 같아요. 아무것도 하지 않으면 불안하기도 하고, 그런 내가 못마땅하기도 하고요.

선생님 지금도, 충분히 잘하고 있어요, 나다움 님. 그런 자신을 좀 더 믿어도 돼요.

나를 있는 그대로, 충분히 인정해주기

나의 심신이 말하고 있다. 비축된 에너지보다 더 많은 에너지를 쓰고 있다고. 더 많은 일을 해내기 위해서, 지금의 나를 더 채찍질하는 것은 그만두려 한다. 나에게 필요한 것은, 나를 있는 그대로 인정하고 지금도 충분히 괜찮다고 스스로 다독여주는 일인 것이다. '자긍심'이 필요하다.

심리상담 선생님은 퇴원 후 나를 보시더니, 뭔가 많이 달라졌다고 하셨다. 낯빛부터 분위기, 말투 등 모든 것이 예전과 달라서 사뭇 다른 사람 같다고 하셨다. 선생님과 이런저런 이야기를 한 후 내린 결론은, 나에게 필요한 것은 어쩌면 다른 것이 아니라 '휴식'이었는지도 모르겠다. 아무것도 하지 않아도 아무 일도 일어나지 않는 것을 경험하고, 그것이 나에게 여유를 찾게 해 줬던 듯싶다.

이제는 나에게 휴식을 자주 준다. 회사 일이 버거울 때는 바짝 일하고 하루 연차를 내서 내가 좋아하는 꽃을 보러 간다. 휴일 새벽에는 무조건 자전거 타러 나갔던 루틴 대신 늦잠을 선물하기도 한다. 그렇게 나에게 쉼을 선물하는 중이다.

지금 나에게 필요한 것은 멈춤과 휴식이다.

덧.

언제나 내가 못마땅하게 생각했던 나의 체력을 객관적으로 측정해 보았다. 생각보다 난 체력이 좋았다. 특히 심폐지구력은 평균 이상이었다. 예상보다 잘 버티고 있으며, 이미 잘하고 있다.

내가 운동을 하는 것은 지금의 상태가 나쁘기 때문이 아니라, 지금도 건강하지만 더 나은 모습이 되기 위해서라고, 이제는 생각한다.

한 가지 더, 나는 몸과 마음이 한결같은 사람이었다. 유연성은 거의 없어서 측정할 수 없는 수준에 가까웠다.

신체에도

생각에도

유연성이 필요하다. 으차차.

파랑새는 결국 집에 있었다

"어떻게 그런 일이 있을 수가... 그럼 제가 제 영혼을 잃어버렸다는 말씀입니까?"

현명한 의사가 대답했습니다.

"영혼이 움직이는 속도가 육체보다 아주 느리기 때문입니다. 영혼은 아주 먼 옛날, 우주 대폭발 직후에 생겨났어요. 당시엔 우주가 이렇게 빨리 돌아가지는 않았어요. 그땐 거울을 통해 스스로를 볼 수 있었죠. 환자분은 자기만의 어떤 장소를 찾아 편안히 앉아서 영혼을 기다려야 합니다. 분명히 환자분이 이삼 년 전쯤 갔던 곳에 환자분의 영혼이 있을 거예요. 기다리는 데 시간이 좀 걸릴지도 몰라요. 제가 드릴 다른 약은 없습니다."

- 올가 토카르축 지음, 요안나 콘세이요 그림, 이지원 옮김, 《잃어버린 영혼》, 사계절, 2018

"제 꿈이요? 방탄소년단 '진'님과 지인이 되는 거요."

내일모레 불혹인 나의 최종 꿈이 뭐냐고 물어보면, 이렇게 당당히 얘기한다. 사실, BTS 진을 실물 영접하는 것만으로도 감개무량하겠지만, 자고로 꿈은 구체적으로 그려야 실현 가능성도 크다는 말을 되새기며 단순 알현이 아니라 대화도 나눌 수 있는 친분이 있었으면 하는 바람이 있다.

외모지상주의자인 내가 BTS 진을 좋아하는 이유를 언급하기 시작하면 끝이 없으므로 '월드 와이드 핸섬(World wide handsome)'이라는 단어로 대장편 서사를 읊으려는 내적 갈등을 제압한다. 세상에 잘생긴 사람은 많고 나의 마음은 갈대 같기에 누구를 꾸준히 좋아하는 것은 힘든데, 그에겐 특별한 한 가지가 더 있다. 완성형이 아닌 '성장형'인 그는, 언제나 앞으로가 더 기대되는 사람이라는 점이다.

그의 데뷔 초와 지금을 비교해 보면 미묘하게 다르다. 물론, 수려한 외모는 예나 지금이나 고정불변, 완벽 그 자체이지만 그에게 서려있는 분위기가 묘하게 바뀌었다. 압도적인 피지컬과 유연함에도 불구하고 초기에는 어딘가 어색하다는 평가가 있었다. 지금은 카메라를 보면 자연스레 손키스를 날리고, 그만의 춤선으로 당당하게 무대를 압도한다. 아재개그 선사 후 유리창 닦는 소리 같은 특유의 웃음까지 여유롭게 선보이는 것도 잊지 않는다. 매력 부자이다.

그의 인터뷰에서 변환점을 추측해본다. 방탄소년단의 노래 〈불타오르네〉 중 '애쓰지 좀 말아, 져도 괜찮아'란 가사를 부를 때부터 변했다고 한다. 그전까지는 부담감에 스스로를 옭아매는 기분이었는데 내키는 대로 한번 살아보고 조금 가벼워질 수 있었다고 말한다. 있는 그대로의 자신을 믿고 사랑하는 여유를 허락한 그는 성장했고 더욱 빛이 난다. 더 편안해진 그의 모습을 응원하는 게 좋다.

심리상담 종결과 유지

이렇게 방탄소년단 진과 나 홀로 쌓은 내적 친분을 공유하고, 좋은 것은 나눠야 한다는 정신에 근거하여 심리상담실에서 그의 성장을 설파하고 있을 때였다. 상담 선생님은 온화한 미소와 함께 이렇게 말씀하셨다.

"BTS 진의 성장하는 모습을 보며 뿌듯하시듯, 저도 나다움 님을 보면 같은 마음이에요. 상담을 통해 한층 성숙해진 모습을 보며 같은 사람이 맞나 싶을 정도로 놀라워요. 애초부터 지금처럼 힘 있고 당당함을 이미 가지고 있었다는 게 더 정확한 표현일 겁니다. 저 역시 상담을 진행하며 한층 성장한 기분입니다."

불가피한 상황으로 갑작스레 더는 주 1회 상담을 할 수 없어 마지막 인사를 나누는 날, 심리상담 선생님은 그동안의 소감을 말씀하셨다. 보통은 회기를 정해놓고 상담을 진행하지만, 대부분의 계획이란 게 그렇듯 어그러졌다. 일상 속 힘들었던 순간들을 꾸역꾸역 삼켜왔다가 일주일에 한 번 상담 선생님과 대화로 소화하는 과정의 연속이었기에, 심리상담 돌연 중단은 '나 홀로 잘할 수 있을까?' 하는 막연한 불안감을 몰고 왔다.

그런 나의 마음을 아셨는지, 상담 선생님은 대면상담은 종결되었지만 관리 차원에서 한 달에 한 번 정도 안부를 묻는 차원에서 전화를 주셨다. 그때 느낀 주된 감정은 나 혼자 의연히 잘 지내고 있는 것에 대한 '뿌듯함'이었다. 여전히 같은 곳에서 넘어지고 힘들어하지만, 예전보다 가볍게 툭툭 털며, 일어나는 속도도 빨라졌다.

많이 넘어졌다고 해서 안 아픈 건 아니다. 고통은 익숙해지지 않으며, 오히려 지레 겁을 먹고 움츠릴 때도 있다. 하지만 내가 이전보다 많이 성장했다는 느낌은 앞으로 나아가는 새로운 동력이 된다.

아기 새는 원래 날 수 있도록 태어났고, 하늘을 날기 위해서 둥지 안에서 어미 새와 함께 수백 번의 날갯짓을 한다. 아기 새처럼 섬세한 내가, 본디 사랑하고 사랑받아 마땅한 존재임을 깨닫고 나 자신을 온전히 받아들이기까지 상담실에서 심리상담 선생님과 무수한 대화들을 나눴다. 둥지를 나서는 순간 떨어질 것 같은 두려움을 극복하고 하늘을 날아오르는 아기 새처럼, 나 역시 다시 혼자가 되는 듯한 괴로움이 있었지만, 상담을 받았던 시간을 상기하며 나 자신을 더 사랑하게 되었다.

직장에서 상사에게 까이고 동료에게 치이고, 귀가 후 집에서는 어린 상전 내 아들과 늙은 상전 어머님 아들을 모신다. 고단함이 양어깨를 짓누르는 날이면, 조용히 방탄소년단 '진'님의 영상을 본다. 그의 비약을 응원하고, 언젠가 만날 날을 수줍게 고대하며, 나도 그처럼 성장하고 있다고 믿는다.

덧.

심리상담이 종결되고, 한참 시간이 지나서 상담 선생님과 재회한 날이었다.

식물 킬러지만 꽃을 좋아하며, 다음 브런치에 익명이 보장되는 필명으로 한풀이(?) 글을 쓰고, 상담받을 때 연필로 수첩에 메모하던 나를 기억하셨나 보다. 좋아할 것 같아 준비했다며, 연분홍 튤립 한 다발과 '나다움'이란 필명이 새겨진 샤프 연필을 주셨다.

"눈에 띄진 않지만, 없으면 불편한, 그 정도의 모습으로 항상 응원하겠습니다."

상담 선생님이 나에게 써주신 편지의 한 구절이다.

향기로운 꽃과 특별한 샤프. 이 모든 게 나에겐 선물이었지만, 제일 큰 선물은 내가 심리상담 선생님과 만난 '소중한 인연'이었다. 의사 선생님이 육체를 살리는 분이시라면, 심리상담 선생님은 나의 꺼져가는 멘탈에 호흡을 불어넣고 함께하며 나를 살렸다. 정기적인 심리상담이 종결된 이제는, 내가 마음의 홀로서기를 할 수 있도록 한 발짝 물러서 있되 여전히 나를 격려해주시는 상담 선생님의 마음에서 공명을 느낀다.

내가 인복이 많음을 느끼는 순간이다.

외모만 보고 결혼한 자이기에 비록 결혼생활에서는 선천적 인복을 비껴갔지만, 그런 순간들이 있었기에 만난 귀중한 인연들에 감사함을 전한다. 배수연 상담 선생님, 진심으로 고맙습니다.

덧붙여서, 마음의 터널을 지나는 분들이 있다면 저처럼 심리상담이라는 특별한 인연을 만나시길 바라봅니다.

소진된 마음을 되살리는 특효 자매품으로, BTS 진님께 입덕하시는 것도 추천합니다. 보는 즉시 안구가 정화되어 마음이 깨끗해지고 세상이 밝아 보이는 효과가 있습니다. 하하하.

향후 2년간은 결혼 유지 확정입니다

후회한다는 것은 갈림길에 서 있다는 뜻입니다. 희망하는 삶과 절망에 머무는 삶의 선택이 갈리는 교차점에서 선택은 자신의 몫이고 선택에 따른 책임도 자신의 몫입니다. 잊지 말아야 할 것은 세상에서 나를 끝까지 사랑할 사람은 나밖에 없다는 사실입니다.

- 정도언 지음, 《당신이 숨기고 있는 것들》, 지와인, 2021

"네, 앞으로 2년간은 이혼 보류, 결혼 유지 확정입니다."

신랑이 회사에서 유학을 가게 되었다. 나도 남편 따라 외국에 갈 기회가 생기니, 사람들이 축하해주었을 때 나의 대답이었다. 2년(유학 기간) 동안 '이혼 보류', '결혼 유지'라고 하자 사람들은 유쾌하게 웃었다. 난 한마디 덧붙였다.

"하이 리스크, 하이 리턴이죠. 사실 제가 신랑이란 주식을 샀는데, 상장 폐지되는 듯한 기분이 종종 들었을 때도 있었어요. 전 안정적 투자성향인데 말이죠. 결혼 11년 만의 쾌거입니다. 하하하."

그렇다, 지금은 혼자서 부부 심리상담도 마친 데다 신랑을 만나고 나서 이런 호재도 생기고.(오래 살고 볼 일이며, 고생 끝에 가끔 낙이 오기도 한다. 하하) 함께 유학을 가려면 결혼생활을 유지해야 하기에, 결혼이 이렇게 또 잠정적 2년이 추가되는 순간이었다.

다시 후회할 수도 있다. '아, 그때 이혼했었어야 했는데, 그것도 신속하게!'라고. 분명 그런 순간들이 더 많을 것이다. 그렇지만 과거보다 덜 괴로울 것이라고 확신하는 이유는 '나의 마음'이 달라졌기 때문이다. 상대와 나를 구분하며, 정형화된 틀에 나와 상대를 가두지 않고 유연하게 관계를 유지하려 노력할 것이기에. 여전히 신랑은 무뚝뚝한 현실주의자이고, 나는 섬세한 이상주의자이기에 갈등은 존재하겠지만, 가능하면 이 결혼을 유지하려 애써 볼 것이다.

체질의학상 나는 '후천적 비혼'이지만(이것은 신랑도 그런 듯하다) 우리는 각자만의 방식으로 결혼을 견디고 있었고, 나는 그 과정에 '상담'이 있었다. 그것은 내가 한 단계 성장하는 계기가 되기도 했다.

비혼인 동기 언니가 나에게 말한다.

"야, 그래도 내가 많은 사람과 소개팅한 통계에 근거해 볼 때, 너의 신랑 포함, 내 주변 사람들은 상위 20% 정도는 된다."

내가 그것을 반박할 수 있는 이야기를 한 보따리 늘어놓자 언니는 정정한다.

"미안, 네 남편은 상위 30% 정도로 조정하자."

그렇다, 나는 어찌 보면 상위 30%의 남편과 살고 있을지 모른다. 하지만 좋은 상대이기에 유지되는 행복은 한계가 있다고 본다. 게다가 상대는 내가 바꿀 수 없지만, 적어도 나는 내가 바꾸려 마음먹고 실천을 시도할 수 있다. 익숙하지만 나를 힘들게 했던 습관 위에, 낯설지만 나를 편하게 만들어줄 습관을 덧씌우는 작업을 마쳤다, 상담이란 과정을 통해서. 이제는 그것을 어떻게 유지하고 발전시켜 나갈지 고민하려 한다.

끝이 안 보이는 계단을 올라야 할 때가 있다. 그럴 때 도착지점을 보며 걸으면 한숨만 나온다. 하지만 바로 눈앞에 있는 계단을 보고 한 발씩 오르다 보면 어느새 다 와있다. 나에게 결혼은 그러하다. 이 사람과 평생 함께해야 한다고 생각하면 고구마 100개를 먹은 듯한 답답함이 밀려온다. 하지만 '앞으로 2년만'이라고 생각하면 가벼운 마음에 여유를 가지고 결혼생활을 유지할 수 있다. 그렇게 나는 체질에 맞지 않는, '결혼'이라는 '고위험 고수익'을 실천하는 중이다.

덧.

'심리상담'이란 것에 다가서기가 힘든 것은 분명하다.

비용, 시간, 효과, 나에게 맞는 상담 선생님 등 모든 것이 다 충족되기는 쉽지 않기 때문이다.

그럼에도 불구하고 나는 심리상담, 혼자 하는 부부 상담도 추천한다.

결국에는 '내가' 바뀌는 것이 모든 것의 시작임을 알기에,

그리고 그 변화는 온전히 '나를 위해서'라는 것을 이제는 안다.

지금도 충분히, 여기서, 이미 잘하고 있는 나와,

그리고 이 글을 보고 있는 당신을 응원합니다.

에필로그

직접 겪어봐야 알 수 있는 것들

"인생은 가까이에서 보면 비극이지만, 멀리서 보면 희극이다."

- 찰리 채플린

아이가 매우 아파서 입원하려고 병원 앞 복도에서 대기하고 있던 날이었습니다. 아파서 칭얼대는 아이를 뒤로하고 급한 일도 아닌데 자리를 뜨는 신랑이 야속했습니다.(그래도 점심으로 빵을 챙겨주고 가서 공복 상태가 아니기에 폭발하진 않았다. 역시, 신랑은 날 잘 알아.) 아이를 업어서 재우고 2시간을 기다리고 나서야 병실에 들어갈 수 있었습니다. 그 모습을 지켜보며, 같이 대기하고 있던 아기 엄마가 이렇게 말했습니다.

"남편분이 참 다정한 것 같아요"

"(설마) 제 남편이요?"(내 주위를 둘러보고 나서야 나에게 건넨 이야기임을 깨달았다.)

"전 애가 셋인데, 신랑이 아침에 출장 가버리고는 연락도 없네요. 남편분이 점심도 챙겨주고 아이 옆에 있어 주는 게 참 보기 좋았어요."

삶은 한 발짝 떨어져서 보면 희극임을 절실하게 느끼는 순간이었습니다. 동시에 내가 힘들다고 느끼는 순간이 타인의 부러움을 자아내는 찰나라는 점이 아이러니했습니다.

타인의 삶은 멀리서 대충 보기에 대체로 행복해 보입니다. 반면 나의 생활은 구체적으로 보기에, 불행의 요소들이 산재하여 있음을 잘 알죠.

얼마 전 동물원에서 본 원숭이가 떠오릅니다. 멀리서 언뜻 보면 서로를 안고 있는 따뜻한 풍경으로 보였는데, 가까이 다가가서 보니 실상은 살벌하게 싸우는 장면이었습니다. 나의 결혼생활을 보는 것 같아 한참을 지켜봤습니다.

말하지 않는 부분, 하지만 분명히 존재하는 현실

이 책에서만큼은 쉽게 이야기 꺼내는 '결혼'이 아니라, 그 누구에게 보여주기 쉽지 않은 '결혼생활'을 말하고 싶었습니다. 멀리서 봤을 때 희극인 부분들을 가까이서 보여드리고 싶었습니다.

그래서 비혼인 사람에게는 (불편한 진실을 알려드려) 결혼을 안 하는 선택에 확신을 더해 드리고 싶었고, 굴곡진 결혼생활을 하는 사람에게는 (동지가 있음을 상기시켜 드리며) 씁쓸한 위로를 선물하고 싶었습니다. 행복한 기혼자에게는 (야생 결혼생활은 간접 체험만 하시며) 본인의 선택에 안심을 선사하고자 했습니다.

동시에 이 글은 비극 사이사이에 숨어져 있는 희극의 요소들을 바라보는 나의 노력의 일환이었음을 고백합니다.

"인생이 비극이냐 희극이냐는 당신이 삶을 어떻게 바라보냐에 달려있다.
사실 그 둘 사이는 종이 한 장 차이다."

- 찰리 채플린

인생을 어느 쪽으로 보든, 개인의 그 선택은 옳다고 생각합니다.

작은 바람이 있다면, 제 글로 인해 '나의 인생은 희극이다.'라고 한 번이라도 느끼셨다면 그것으로 만족합니다. 남의 불행과 견주어 나의 행복의 크기를 키우는 것이 바람직하지 않다고 보는 시각도 있지만 뭐 어떻습니까, 저의 불행이 이 글을 읽는 분들의 행복에 기여했다면 전 뿌듯합니다.

비극으로 보이는 저의 모습들이, 읽으시는 분들에게는 기쁨이 되어 쓸모가 있다면 그것 또한 저에겐 즐거움입니다.

글쓰기의 동력이자, 화수분 같은 소재를 무한 제공해주는 (주관적으로 잘생긴) 신랑이 있기에, (외모지상주의자인) 저의 극사실 결혼생활은 계속될 것입니다.

비극인지 희극인지는 아직 결말이 나지 않았지만(대충 짐작은 갑니다만), 결론이 어떠하든 그 과정을, 저는 희극으로 바라보며 하루하루를 버텨 봅니다.

끝으로,

결혼을 하든 안 하든,

지뢰 같은 일들이 여기저기 숨어 있기에 녹록지 않은 일상을,

매일매일 치열하게 버텨가는 모든 이들에게

마음을 담아 응원을 보내드리고 싶습니다.

지금, 우리, 잘하고 있어요.